入ってきた時　帰っていく時も
いつも真横の姿勢だ
よく見ると
身の丈もあるような
大きく赤いさつまいもを
しっかり抱え込んでいる
「あ、さつまいもだ」
驚いている間に
襖に隠れてしまった

目醒めてから
漆黒が視野から消えるまで
指令されたまま
一連のできごとを
瞬きするひまもなく
見続けていた
姿が消えた時

「もう、行ってしまったの」

心に穴があいたような淋しい思いに襲われた。不思議な音と共に向かされた首をそのままにしていたが、すぐ、眠りについたらしかった。あれは妹だ。生まれたばかりで名前がついていない。よくきてくれた。

この奇怪な静寂（しじま）に、目醒（めざ）めているのは私だけ。妹は私にだけ会いにきてくれたのだ。

それにしても、生まれて間もない赤ちゃんがよく歩いてきた。余ほど意志の強い子なのだろう。そして、彼女の行く先ざき不思議なことがおきる。すごい魔力の持ち主だ。色彩感覚も優れている。私よりずっとすばらしい才能の持ち主だったのかもしれない。本当に惜しいことをしてしまった。

怪奇現象の何日か前のことだ。

太陽がかくれ
薄暮の気配が
しのびよっていた
いつもどおり

11　怪奇現象

茶の間と台所の境の
障子を開(あ)け払って
茶袱台(ちゃぶだい)を出し
みんなで夕食だった
少し薄暗い
電灯がついていない
桜なぜだろう
母のようすがおかしい
目を伏せて
前を見ない
祖父、祖母も
下向き加減だ
父は、まだ帰ってない
私以下二人の弟妹も
声を出さない
重苦しい空気だ
我慢できない

つと立って
生まれたばかりの
妹のところへ行った
私の寝ていた南の六帖と
父母の寝る北の六帖の
境の襖の際に
寝かされていた
ぺちゃんこな
座布団大のものの上に
黒っぽい半天大のものが
掛けられている
「何だか、
赤ちゃんらしく
可愛くしてやっていないな」
全然顔がかくされている
何にも見えない
それでも

自分の好きなさつまいもを
妹にやったと思っている
そのやり方だけは
何故か記憶にない
自分は
妹が悦（よろこ）んでくれると
確信していた
茶袱台にもどり
「お前たちより
よっぽどいいことを
してきたんだぞ」
自慢したかった
そんな雰囲気ではない
一人でひそかに
優越感をあじわっていた
しかし、大人たちの
無関心さは

異常だ

その夜、どんなことがおきたのだろう。
余り好ましくない経験は、都合よく忘れてしまうのだ。

ひとりよがりの行動の翌日のことだ。

真夜中らしい
ひとりで外へ出た
真っ暗だ
隣のお屋敷の
長い生け垣がない
庭の木々もない
遠くの空を見ようとしても
黒一色の壁だ
すべて、真っ黒だ
目をあけているのに

何も見えない
暗(やみ)に押さえつけられて
息苦しい
我慢できず
歩いてみた
見えてきた
自分の家を
上空から見ている
あたり一面暗闇なのに
うちの家の奥に
ほのぼのとした
暖かい光が灯(とも)っている
それは
唯一(ゆいいつ)心暖まる
やさしい光だ
家族は一塊(かたまり)となって
玄関に立っている

私もそっと降(お)りて
その後に立った
すると、
中から父が出てきた
背中に
たて四、五十センチ位の
長方形の箱を
背負っていた
家族の前で止まり
じっと立っていた
暫(しばら)くそのままでいたが
意を決するように
力強く改正道路の方へ向かった
父が家から離れた時
優しい光は消えていた
家族は
父の去った方に向いて

いつまでも
立ちつくしていた
この時も
みんな
顔はないのだ
言葉もない

ひとりよがりの晩、どんなに父に怒られたかわからぬ。全く記憶がない。
しかし、一人家に残され除け者にされたことで、相当怒られたらしいことがわかる。

幼少の頃

扨、怪奇現象をおこしたり、親の言うことを聞かない小童の住んでいた処は、東京市淀橋区柏木三丁目といわれていた。地理的知識なく大人達の会話から聞きかじったことのうろ覚えによると、新宿駅の方から戸山ヶ原に向かっていくと十字路があり、左へ曲がると鳴子坂へ、右へ曲がると大久保へ、真っ直ぐ戸山ヶ原の方に行くと鉄橋がかかっている。その近辺が柏木三丁目である。鉄橋の手前の左の階段を上り、丘陵のどん詰まりにつくと、左に戸建てが一軒、右に二軒長屋がある。小童はその長屋の東側に住んでいた。

　北向きの格子戸を入ると半間の三和土が玄関で、すぐ三帖の畳、その奥が六帖の茶の間、これが西側。東側は北と南に六帖が続き、西側と東側で一軒となる。茶の間の南に台所、南の六帖にぬれ縁がつき、その東の端がトイレに続き、西のはずれは台所に通じる。

　何の飾りもない家であるが、北の六帖の北側の窓に頑丈そうな鉄柵が取りつけてあった。弟と喧嘩すると、いつもそこへ逃げていくのだが、ぶたれたりハサミを手に突き立てられたり私の土壇場（どたんば）の場所であった。

この家の住人は、戸主の大島豊太郎と妻とり、息子の稔と妻のハチイ、小童をかしらに長男と二女の七人家族である。

戸主の豊太郎は新潟県新発田の在の農民であった。二人の子どもがいたのであるが、知人に預けて、夫婦でハワイへ出稼ぎに行った。食堂を経営して財産を作ったと専らの評判であった。ハワイで生まれた次男は十九歳になっていた。繁栄したのは、とりの力が大きかったのだと言われている。

そんな順風満帆（じゅんぷうまんぱん）の時、豊太郎は単独で一時帰国した。すぐハワイへ帰っていったのだが、丁度大正大震災後であったため、検疫を受けないと上陸できないと言われ、怒ってしまった。そして、すぐ財産をまとめて日本に帰ってきたという。

当然、新潟の母の実家へも帰国の挨拶に来た。母の父と、とりとは兄と妹の間柄であり、とりの息子と母は（いとこ）の間柄である。

とりの息子稔は、ハワイでは一人っ子として大事に育てられたらしい。彼が子どもの時に、背広を着て蝶ネクタイをつけた写真が家に残っていた。まだ小さかった私だが、何て金持ちの息子みたいなんだろうと思った記憶が残っている。

片や、母の方はどうかというと、当時祖父（母の父）は、営林省の「しょりんく」（実家ではそう言っていたが、意味はわからずにすぎてしまった）をしていて、収入は豊かであったらしい。もともと、実家のある笹岡村の中の勝屋地区の中では土地を多く持っていて、「茂助どん」と言われる家柄であった。母は一番最初の子の所為か、祖父に可愛がられた。一九二四、五年頃、実家の新潟県北蒲原郡笹岡村では、革靴を履く者など母以外になく、勝屋と水原間二里の道を馬車で往復したと有名であった。人々は皆歩きだったのである。

豊太郎たちが勝屋を訪れた時、母は寄宿していた長野の教員養成所から帰っていた。稔と母は初めての出会いであったが、母が一遍に稔に一目惚れしてしまったという。そして、両親の許しを得ず、勿論長野の教員養成所もすっぽかして、東京の稔のもとへ飛び込んで行ったのである。稔十九歳、母二十の時である。祖父の落胆はいかばかりだっただろう。

帰国後東京に居を構えたが仕事せず、毎日のように物見遊山に明け暮れたと、親戚中の評判になっていた、豊太郎である。

そのうちに、とうとう財産が残り少なくなり、改正道路に面したガード近くに下駄屋の店を開いた。食堂経営で成功した者が、なぜ下駄屋を選んだのかわからないが、不振のため店を人に譲り、今住んでいる二軒長屋に落ち着いたのである。

扨、祖父母は年をとり、稔が一家の生計を担わねばならないのに、不幸なことに、彼は小学校しか出ていない。望む職業につけず、植木屋の下働きをしていたらしい。

当然七人の生活を賄う(まかな)のは容易なことではないらしかった。そんななかで、鮮烈な印象となって残っている出来事があった。

秋頃だったろうか、或る夕方、台所の方で祖父と父がいかにも楽しそうにはしゃいでいるのだ。父と祖父の打ちとけた様子が珍しかったので、とんでいった。

父がぬれ縁に七輪を出し、金網をわたして何かを焼いている。煙がモウモウと上がっている。父だか祖父だか、

「これが一番うまいんだ」

といって、とても嬉しそうにはしゃいでいた。珍しくカツオかマグロの血合いとかいうものが、手に入ったそうなのである。

あの夕方の背を丸くして、真剣に菜箸で血合いとかをつっついていた、子どもみたいな父を忘れることはできない。そして、この後、父の印象は余り残っていないのである。

もっとも、父でなく腹ちがいの兄ということがわかり、それもそうだなあと思わざるを得なかった。

二軒長屋の東側はうちだが、西側に「しょうちゃん」とおかあさんが住んでいた。しょうちゃんは私より一つ年下でおかあさんは日中留守であった。近所に遊び相手がいないので、時々彼と遊ぶことがあった。

小学校入学の一年位前のことだ。

二人で鉄道の線路に石を置くということに意気投合した。

その線路というのは、この柏木三丁目の改正道路に架かっている鉄橋の上を走る線路の続きである。新大久保から走ってくる電車が鉄橋を過ぎると土手を走る。その土手に敷かれている線路に石をのせるのである。

その土手に登るには、長屋のある丘から三、四段階段を下りて改正道路に出る。左に曲がって淀橋第四小学校へ行く登りになった砂利道に入る。その道から右手を見ると、鉄橋から続いている土手が高くなり、登れそうにない。

しかしその土手は、鉄橋近くは砂利道より高くなっているが、砂利道が第四小学校に向かって登り坂になっているので、先へ行くと低くなる。しょうちゃんは土手の適当な高さのところを知っていて、迷わずさっさと登っていった。

土手の斜面には丈の揃った草がきれいに生えていた。土手の上は平らで草がなく囲いなく有刺鉄線もなく、誰でも簡単に線路に近づけた。

砕石の上に厚い板を等間隔に並べ、その上にのっている鈍い銀色の線路は地平線まで続いていた。初めて見るその長さに感動を覚えたのだ。今でもあの時の銀色の線路が甦（よみがえ）る。

扨、ぼんやりしてはいられなかった。しょうちゃんに負けじと土手をよじ登って、初めて見る光景に感動しボーッとしていたらしいが、彼はさっさと線路に石をのせている。私も見習って少し離れて二つ石をのせた。何十年もあとの今になって気づいたのだが、石のせと電車の通過時刻が丁度いいタイミングだったということである。そこまでしょうちゃんは知っていたのだろうか。

石をのせ終わると線路のある平らなところから土手の方に上半身位下がり、しゃがみこんで電車の来るのを待つ。

新大久保から来た電車が鉄橋にかかると、

「ガオーッ」という音を立ててこっちに向かってくる。ひそんでいる体の上に乗りかかってくるのではないかという恐怖にかられる上に、石にぶつかった車輪が、

「ガッタンツ、ガッタンツ」というと、頭の上に倒れ込んでくるのではないかという錯覚をおこす。しょうちゃんは怖くないのだろうかと思った。

何回目だったたか、いつものように線路の上に石を並べていた。

突然、

「コラーッ」という大きな声に振り向くと、新大久保側の鉄橋の上を青い服を着た大きなおじさんが、こっちに向かって歩いてくる。それに気付いたしょうちゃんはパッと身を翻(ひるがえ)すと、土手を滑りおちたかと思うと見えなくなった。

「わあー、大変」と思い早く下りたいが滑り下りる勇気がなく、「早く早く」と心で

叫びながら自分流で下り、砂利道の坂を左へ行き改正道路へ出たら右へ曲がり、新宿方向に少し走ると右にある三、四段の階段を上り、あとは丘の中の道を真っしぐらに走る。長屋についたら台所へいくため右へ曲がる。

しょうちゃんにおくれまいとちらちら見ていたが、

「あれ、自分の台所を通りこしてうちの台所へ入ったよ」と変に思った。大分おくれてうちの台所へ着いた時しょうちゃんの姿はどこにも見当たらなかった。私は家へは入れず井戸の大きな土管にかくれていた。

おじさんは真っ直ぐうちへ来た。応対した祖父と声高に長く話していた。そしてしょうちゃんの家は素通りして帰って行った。大島の子だけがわるものになったのだ。彼はうちの台所へ入ったように見せかけて通り抜け、長屋の東の庭を通って表へ出、自分の家の玄関から家に入りひそんでいたと思われる。

いくら馬鹿な私でも「うちだけ怒られるなんて」といやな気がした。

でも、現実は複雑である。

或る日、珍しくしょうちゃんのおかあさんが日中家にいた。何があったか知らないが、突然大きな声で、

「となりの子がうちのしょう坊を悪い遊びにさそい込んで困ってしまう、本当にとなりの子は悪い子だ」と怒鳴っていた。「本当はしょうちゃんにさそわれるのに」と

思ったので、忘れられない一言であった。

或る朝のことだ。

祖父と祖母は台所、母は弟や妹の世話を忙しそうにしていた。父はまだ布団の中。その頃の子どもは、洋服より着物を着た子が多かったように思う。私は着物だった。幼児の着物は付け紐つきだった。

前身頃の右側を下に、左側の身頃を上にして前で重ね、右身頃に付いている紐を左の脇明けに通して後にまわし、左身頃に付いている紐は前身頃をきちんと引くようにして後にまわし、脇明けを通した右前身頃の紐と、合体させて後ろで結ぶのである。

その時付いていた私の付け紐は、幅が広めだった。だから、蝶結びにしたかった。自分で手さぐりで後ろで結んだ。手さぐりで結び目のようすをさぐってみると、どうもうまく結べていないらしい。何回もやり直したが気に入らなかった。母に頼んで結んでもらった。しかし、少しゆるかった。私はきちっとしたのが好きだった。ほどいてしまい、また何回か結んでみたが気に入らず、

「ねえ」と、ほどいた紐をもって母にねだった。母はこっちを向いてくれなかった。ねばって母のあとについて歩いたが何の反応もなかった。終に泣き出した。それでも母は見向きもしなかった。祖父も祖母も知らん顔をしている。とうとう声を出して泣

き出してしまった。

泣きながら前のうちに駈け込んだ。おばさんは、付け紐を持って前身頃をしっかり合わせていない姿を見て、事の次第をのみ込んだのだろう。だまっていたのに蝶ちょう結びにしてくれた。きつくもゆるくもなく丁度いいしめ具合で、手でさわった蝶ちょうも形がよさそうだった。

困ったことがあると、いつもこのおばさんのところへ駈け込んだ。その度におばさんは私にやさしくしてくれた。おばさんには子どもはいない。

いつだったか、どこだったか、どんな方法で行ったのか全然覚えていないが、丈の高い囲いのついた階段を上るような処へつれていってくれた。囲いが真っ白で高かったのが何故か鮮明に思い出される。そして、あれはどこだったのだろう。しっかり知りたかったと思うのだ。でも、それはもう存在しないだろう。その点脳はすばらしい。今でも存在しているのだから。

おばさんは私のことを心配してくれていたようだ。祖母に、

「子どもが三人いるなかで、ハチイさんは艶ちゃんにばかり辛く当(あ)たる」と言ったそうである。傍目(はため)にわかるほどであったのだ。全く、やさしくしてもらった記憶はない。

歌を唱っていれば、

「からすがうたっているみたいだ」

鼻をいじっていたら、

「いまに鼻が天井向いてしまうわ」

という調子。母の思惑からはずれるようなことをすると、いつも、

「そんなことしてると藤沢病院行きだ」というのだ。新宿にあった脳外科の病院であるが、その頃の私には、怒られた時連れていかれる処は悪い処怖い処位の認識で、怖い処になんて行きたくないと思い、何度も言われると泣き出してしまうのだった。

こういうような心を傷付ける嫌味を言うのは母だけである。父は怒る時怖かったが、ふだんは何ともなかった。

それともう一つ気付いたことは、母に何かされていても、祖父も祖母も全然関与しないのである。それは母の躾け方を尊重してのことだったのだろうか、私にはそうは思えない。母にいびられたり父に折檻されても、誰も取り成したり慰めてくれる者はいなかった。従って自分は一人で生きていかなければならない、人にたよってはならないと、体の芯でそんな心情が出来上がっていったと思っている。

丘の階段近くには、女の子より男の子が多く集まった。大勢集まると、男女混合だから遊びは限られてくる。誰でもできる（かくれんぼ）になる。その時のリーダーは、六年生位の下駄屋のてっちゃんだ。みんなの中では少し体が大きく、動作も速くて仕

切りがテキパキしていた。

隠れる処は余りなく、大きなお屋敷の門あたりを利用する。

このお屋敷にお城につけるような、大きな木の門がついている。我々が遊ぶ日中は開いたままである。

みんなが一番いい隠れ場所として、門と生け垣でできた三角の空間がある。一番最初にそこは取られてしまう。あぶれた者は、生垣やお庭の茂みを探す。そんなにしても、お屋敷の人は出てこないし、怒られたこともない。安心して遊ばせてもらっていた。

扨、のろまな私でもたまに三角の特等席へ入れることがある。そんな時、てっちゃんも入ってこないかなと思う。

一度入ってきたことがあった。うれしかった。でもじっとしていないで、たえず外のようすに気を配っていて、すぐ出ていってしまった。活動的で男女の意識は全然なく、公平で頼もしく思った。

てっちゃんのうちは下駄屋さんなのだが、下駄屋さんをやめることになり、引っ越していった。てっちゃんのいないかくれんぼは余り楽しくない。改正道路に面して空家になったお店を、ガラス戸から中を見るとガランとしていて、とてもさむざむとしていた。そのお店の前を通る度に、「てっちゃんどこでどうしているのかなあ」と思い、元気な姿を思い出していた。

生まれて五年位たって、初めて男の子をたのもしく思った。この後九十余年生きているが、てっちゃんみたいな男の人には出会わなかった。

私が五、六歳の頃は、一九二三年の関東大震災から九年位経っていた。

一望千里焼野が原だった東京も復興が進み、新宿から淀橋区柏木三丁目を通り、戸山ヶ原から先の方へ改正道路が延びていたのは当然のことと思われる（何処まで続いていたのか、その頃の私には全く係わりのないことであった）。

うちの者は改正道路と言っていたが、今想像するに舗装道路のことであろうと思う。歩道つきであったらしい。

五歳位の私がその歩道に魅せられた。そこは、すべすべしていたらしいのである。いろいろな面で土地の人は大いに喜んだだろうが、勿論、子どもたちに伝わらない筈がない。

　私は、なにがなんでも道路が好きでたまらなかったらしい。どこがどうだったかなど、何一つ道路の映像は脳に残っていないのだが、毎日その歩道を走っては、膝に傷をつくっていたらしい。しかし、私は怪我をしても怒られても止めなかった。無作為に楽しんでいたのだが足が丈夫になったのだ。それを若し止めていたら、走ることに自信をなくしたまま成長しただろう。私は違う。

小学三年の時、母の実家に預けられた際、土地の出湯小学校三年の代表として村民運動会に出場、東京へ戻った天神小学校五年生の時は競歩の選手になっている。あの時の声援は天神の森にひびき、校庭がわれんばかりだったことが忘れられない。

女学校では戦時のことであり、よく強行軍をやったし、それに耐えられ鍛えられた。

少し時間にゆとりができると、山に憧れ一人でいくつか登っている。勿論素人なので案内書を頼りに登山計画を作り、一人で悠々と山のいろんなものを味わった。

この改正道路は私の人生の貴重な母胎であった。

その大好きな道路を車が走ったのを見たことはなかった。否、私が見つけなかったのだろう。

時々、荷馬車や牛車が通る。よく通る馬車は、落とし物をしていった。馬糞である。冬など空っ風が車道を通りみちのようにして流れてゆく。馬糞は風にさらされて乾き、解体して藁くずとなる。そこへ空っ風が吹いてくると、思わず鼻と口を手で塞いだものだった。舗装道路と馬糞、昭和初期の懐かしい風物詩ではなかろうか。

小学一〜三年

前にも言ったように、柏木三丁目の改正道路に鉄橋が架かっている。その手前の階段を三、四段上った取っ付きに、洋服の仕立屋さんがあった。窓が横に長く広がり、素通しのガラスが人目を引いた。窓の腰が高いので家の中は見えない。

今度、そんな家の離れに住むことになった。六帖位のひと間である。日中、子どもと一緒なのは祖母だけだった。

そんな折、私の入学時期であった。一九三三年。

長屋を追い出される位の困窮状態で、どうやって入学の準備をしたのだろうか。

自分には入学の様子、感動何一つ記憶はない。入学と一年生時代は、そこだけ壁でも崩れ落ちたかのように空洞などである。

二年になって間もない頃のことだった。

帰り仕度をしていた時、ランドセルの中から焦げ臭い匂いがしてきた。慌てて中の物を出してみると、半分に切った手拭いが焦げている。ところどころに穴があき、模様のようになっている。よくわからないが、マッチ箱の片方の側面に付いている燐等が、カバンの中の硬いものとすれあって発火してしまったらしい。机の中の物をカバンに詰め込む時、マッチ箱の包みを物と物の間にきつく押し込んだから、発火してしまったのだろう。早く見つけてよかったと思う。焦げているのを知らないで背負って道を歩いていたら、カチカチ山のたぬきになっていたことだろう。焦げた位でくい止めることができたことは、神様か仏様のお陰だとつくづく思う。

七歳位のわたしはさぞびっくりしたのだと思う。それでも、なけなしのお金で買った手拭いをこがした等とうちの者に言えば、怒られることはわかっている。だから、穴だらけの手拭をしっかりにぎって帰路についた。どこへ捨てるか真剣に考えたのだ。

正門へ行かず、高学年の校舎の周りを歩いていた。裏手に回ったら小さな側溝があった。屋根から落ちる雨だれを受ける溝であった。こんな校舎の裏へ人はこないだろう。きっといい場所にちがいないと思って、そこへ捨てた。

月曜朝礼の時である。いろいろなお話が終わりやれやれと思っていると、
「落とし物があります」と教頭先生の声。
「へー、なんだろう」すると続いて、
「大島つや子」とおっしゃって、黒焦げの輪のできた布を高くかかげられた。頭をガーンと殴られたようだった。

混沌とした心情を抑えて、人形のように整然と並んでいる長い列の間を通りぬけ、指揮台の前に立って手拭いを受け取った。その時、辛かったことは覚えている。今、当時の心境を考えれば、穴があったら地の中に潜り込んでしまいたいということだったろうと思う。そして戻りは、長い列との対面である。全校生徒に見られるわけだ。台へ向かう時より更に身がちぢんだ。

よくよく思うに、幼少期に「消えてなくなりたい」と思うような恥ずかしい経験をしている人間は、そうざらにはいないのではないか。私はどんな因縁をもって生まれてきたのだろう。そしてこれからどんな運命が待っているのだろうか。

マッチ箱の発煙事件について、先生を始め級友からの詮索（せんさく）が全然なかったらしく、煩わしい話し合いがなく平穏無事で終わったのは幸いであった。

二年になると、教室の掃除をすることになっていた。隣の席の男の子と箒係である。掃除開始直後は温和（おとな）しく作業をしているのだが、私の姿を見つけると箒を振りかざして追いかけてくる。逃げる、教室中逃げる、私を打てない、やめない、廊下へ逃げる、まだ打てない。廊下が終わったので下駄箱へ逃げる、彼はどうしても打てないのにあきらめない、下駄箱をぐるぐる廻って外へ出た、そこでやっとやめた。箒を持つとあきずに繰り返していた。

又隣同士でさ細なことでいざこざが絶えない。とうとう先の尖った鉛筆で手の平の柔らかいところを刺されてしまった。

彼は寒くなると「ちゃんちゃんこ」を着てくる。淡い黄色の地に青っぽい色の模様が描かれていた。身仕度と色ですごく目立った。

「おれんちはせんせんちの近くなんだぞ」

と盛んに言っていた。「先生とうちの人と親しくしているんだな、だからいばっているんだ」と思った。つまり家の人に可愛がられているんだと。そして先生からもやさしくされているようだ。

寒い季節だった。

その頃（一九三五年）弁当箱はアルミニューム製が一般的だった。中身が冷たくなる。ストーブの熱を利用して温める。教室のストーブは石炭ストーブだった。煙突の基部をぐるりと取り囲む形のブリキ缶を回し、その缶の中にお湯を入れておく。その湯気で缶の上に渡している金網の上の弁当が、ほどよく温められるという仕組みだ。

弁当の時間になるとみんな先を争って一斉に取りにゆく。

「あ、弁当が落ちた」

「落ちた落ちた」

教室中大騒ぎになった。

「だれの」

落ちた弁当を見ながら先生が言った。ちゃんちゃんこのきみが、

「大島のだ」

よくわかったなあと思った。先生が缶の中の湯から引き上げて私の机の上に置いた。それで立っていた者はみんな席に戻り、成り行きを見きわめようと一斉にこっちを見ている。弁当をあけてみた。ぬれているようすだが大して変わっていなかった。

その時、

「この十銭でパンを買ってきなさい」

と、先生が私の机の前で言った。しかし、同情とか優しいという感じはなく機械的に思われた。そんなことにかまわず机の上の十銭を握ると、喜びいさんで正門の真ん前の文房具屋へ走った。走りながら考えた。

「うちはいつでも金に困っているらしい、この十銭でカツパンを買ってしまわないで、五銭のカツなしのパンを買い残りの五銭をうちへ持って帰ろう、きっと母に喜んでもらえる」と。

教室へ帰ってパンを食べはじめた。何人かさかんにこっちを見ている。

「あ、十銭のパンじゃない」

ちゃんちゃんこのきみの声。その一言で一斉に立ち上がった級全員がパンを見て、

「十銭じゃない、十銭じゃない」

の大コーラス。

「十銭のパンですか」

先生の一声でシーンとなる。こっくりとうなずく。たちまち、

「うそだあ、うそだあ」

「うそつき、うそつき」

の大合唱。教室がわれそうな騒ぎとなる。

なかなかやまない。

「静かにしなさい」

先生の一声でやっと落ちつき弁当に専念した。

「何ということだろう、先生にまでうそをついて五銭でもしっかり家に持ち帰りたいという根性が、七歳の私にあったとは」

その頃既に貧乏が身にしみ込んでいたのだ。その上平気でうそをつくということをおぼえている。

これ以後どんな人格形成がなされていくのだろう。重大な問題である。

弁当落下事件の夕方珍しく母が家にいた。物干竿から洗濯物を取り込んでいた。そんな姿を見るのは久方ぶりで嬉しかった。

丁度空は晴れて高く気分も爽快だったので、今まで気安く話すことがなかったが、あえて仕事中の母にきょうの出来事を報告した。先生から十銭もらったが五銭だけ使って五銭残してきたことも。当然褒めてもらえると思ったのに仕事の手元を見たまま、

「そう」

と言っただけだ。拍子抜けしたが気をとり直して、

「あした先生に返さないとね」

と言った。

「そうだね」

だけだった。

「何だか、うちに十銭あるのかなあ」

という不安がよぎった。

その夜母の姿はなかった、働きに行ったのだろう。

母に話す気があればいくらでも会話の機会はあるのに、小さい時からこういう調子なのだ。

十銭は返したのだろうか、全然記憶がない。

或る日、この界隈の尋常高等学校へ行っているお兄ちゃん達が、改正道路で遊んでいる我々に、

「おい、戸山ヶ原へ行かないか」

というと、学童連が、

「いくいく」

と呼応し、一団となって戸山ヶ原へ行進だ。それ以来、時々人数が集まると戸山ヶ原行きになる。

戸山ヶ原は軍隊の演習場だと言われていたが、野原のようなものであった。

ここ柏木町からガードを潜って真っ直行くと、右側にある。外部との境の塀がなく、有刺鉄線もなかった。ただ、広い原っぱに大きな土塁が築かれていた。これが私のおめあてであった。

原へ着くと、三三五五散らばって、誰が何をしているかわからなかった。自分は土塁をよじ登ったり、その上の道になっている処を端から端まで走ったり、何の制約もない自由さが楽しかった。しかし、何の変哲もない土塁であったが、どんな遊びにも応えてくれた。たのもしい存在だった。

日が沈み、夕焼け空が赤くなると三三五五、どこからともなく集まり、一団となっ

て帰るのが常であった。

戸山ヶ原から歩いてきてガードを潜ると、「やっとうちだ」と思うと自然に足が軽くなる。

いつものように、うちへ行く丘の階段を一段上った時、真正面に見える洋服屋の窓が、一〇〇ワットの電球を幾つも点けているような、異常な明るさに見えた。

と、急に左斜め上空から赤い玉がサッと飛んできて、明るい洋服屋の屋根に当たってパッと消えた。

「何だろう、あ、あれが火の玉というものなのか」と思い、急いで階段を上り、洋服屋の窓の下に行った。窓の腰が高く、家の中を見ることはできなかった。暫くそこにいたら、誰かが、

「おねえちゃんが死んだんだって」

と教えてくれた。

「エーッ」

と心の中で叫んだ。

「じゃ、さっきの火の玉は、おねえさんの別れの挨拶だったのか」

治らない病気に罹っているとは聞いていたのだが……。

色が白くて、やさしい話し方をする人だった。家の前で遊んでいると、窓を開けて

話しかけてくれ、私にしゃべるチャンスを与えてくれた。長屋から引っ越しをしたため、長屋の前の戸建てに住んでいたやさしいおばさんとお別れしたが、ここへ来てやさしいおねえさんに出会い、楽しかったのに、淋しいことになった。

でも、お別れの火の玉は終生忘れない。おねえさんの顔は覚えていないが、あの火の玉は今でもはっきり脳のスクリーンに浮かぶ。

小さい時から怪奇現象にお目に掛かっているが、今回の火の玉も私の人生の一隅に鎮座することだろう。九十年位たった今でもはっきり浮かんでくる。

洋服屋さんは、おねえさんが亡くなられたのを機会に、うちが借りていた離れも使うことになったとのことで、そこを出なければならないことになった。


東京には、私が小学二年（一九三四年）頃は大きな原っぱがあった。大震災の作ったものであろう。家族につれていかれたので東京のどこだか皆目わからないが、その原っぱの片隅に数軒の韓国人の小屋があった。洋服屋の離れを追い出された我が家族は韓国人の掘立小屋を借りて住むことになった。

小屋の造りは、柱らしいものを四本立て、柱の周りを古いトタン板とか古材を使って囲み、入口は筵（むしろ）をたらしただけである。

洋服屋さんの離れ小屋敷から何時のまにやら原っぱにのぞむ一軒家に運ばれていた。

そこは、柏木町三丁目の二軒長屋から淀橋第四小学校を通りこして、学校の脇の坂を下った所にある大きい道路に面した原っぱの中の一軒家だった。辺りは淋しい所でその家の二階に住むことになった。

その辺りの日中の記憶は余りないが、夜の印象がひどく鮮明に残っている。

その界わいには一軒だけなので街灯が少なく、家々の明かりなどあろう筈もなく、真っ暗な夜道を歩いて、学校と平行についている坂の上の銭湯に行った覚えがある。非常に足元が危なくて神経を使って歩いた。そんなある晩大人たちのあとについて歩いていたら、足に何かひっからまったのだ。慌てて足をはずしたが、切れた電線らしいものがそのまま道路の傍に延びていた。幸いピリッとこなかったが、小一ぐらいの自分にとっては本当に怖い思いだったので、その場面をよく覚えている。前を行く大人たちは何も知らず、自分も何も言わなかった。言っても無駄だという思いが強かった。それよりも、このまま放置しておくのは危険ではないかと思った。

扨、この一軒家の二階での或る夜の出来ごとである。

ふと目を覚ました。私のそばに弟と妹が寝ていた。夜中らしいのに電灯がついている。その下に祖父が座っていた。少し離れたところに母が立っていて、帯をほどいているところであった。この頃父はいなくて働いている母がいつも遅く帰ってくるらしい。従って早く寝る我々子どもたちは父にも母にも逢えないのだ。

きょうは珍しく話し声で目を覚ましたから、母の姿を見ることができた。

しかし、「かあちゃん」と叫べるような雰囲気ではなさそうだ。

二人で割に大きい声でしゃべっていたので目覚めたのだが、そっと寝たふりをしていたので、二人の会話は続いていた。

「世の中には裏と表があるんだということがわかった」と母。

「そうだよ」と祖父。

「それがやっとわかった」と母。

そのあとの会話は自分には理解できず眠ることにしたが、母のすることが何となく気になっていた。そして布団をかぶり、

「とうちゃんがいないのにどうしておじいちゃんと母が一緒にいるの」と思いつつ、眠ってしまったらしい。

しかし、母が立って帯をとき、祖父が傍に座っていた光景は一幅の絵のように脳にピッタリ納められている。

それにしても父はどうなっているのだろう。大人たちの話では、父が新宿のシネマの切符売りにチョッカイを出したら、彼女が本気になってしまってしつっこくつきまとわれたそうで、父は困ったそうだったのに段々父も本気になり、とうとう家に帰ることが少なくなっていったらしいのだ。

そんなわけで父はいないも同然、祖母は女中奉公で帰ってこない。家の中が淋しかった。それなのに、今夜の祖父と母の雰囲気は親しげで、家族が揃っている時と違うので強いインパクトを受け、あの時の電灯の明るさから家具のないがらんとした部屋、そして二人の人物の形などくっきりと覚えている。そして、日常の世話をしている祖父に感謝すべきなのに、ますます嫌気が差していくのである。

韓国人は優しく人懐っこい人たちだ。すぐ友だちになり家族ぐるみの付き合いをする。

友だちになると各家の出入りも自由に近かった。

或る日、いつものようにとなりのうちでそこの子と遊んでいた。急に子どもとおかあさんが見えなくなった。ふと見ると棚の上に財布が置かれている。咄（とっ）さに手をのばしてしまった。急いで家に帰り小さくなっていた。すぐおかあさんがずかずかと入ってきて、

「財布とったろ」

といわれ、だまって財布を出すとひったくって帰っていった。

私は毎日米を買いにやらされていた。十銭で茶袋一杯につまっていた。米屋は韓国小屋から少し離れた改正道路に面していた。小屋から改正道路の下まで歩き、土手をよじ登って道路にあがり、米屋まで行くのである。

米屋のおじさんはいつも、

「〇銭おまけしてあるんだからぬすんじゃだめだぞ」

というのだ。金があったらそんなことを言われない買い方ができるだろうと思って、韓国人の財布を盗むことにしたのだ。とんだ茶番劇だ。勿論ここにもいられなくなった。

韓国の人はいい人だった。それなのに一ヵ月も住んでいられなかったことはわるいことをしてしまったとつくづく思った。


箒の追いかけごっこや弁当箱落下事件の二年が終わり三年になった。ちゃんちゃんこのきみと別れたら毎日が静かだった。気持ちも落ちついていただろう。

今度の担任は若い男の先生だ。だいぶ女の担任と雰囲気が違うと思っていた。少しのびのびできるような気分なのだ。

その先生の教室の姿は全然空白で、何一つ脳のスクリーンに出てこない。度重なる転居で学校は休みがちのため学習はどんどん抜けてゆき、偶(たま)に登校してもわからないことだらけだったのでいやな思いをしたのだろう。いやな思いは記憶にとどめない脳の作用があったようだ。

しかし体操はちがっていた。授業が楽しいのだ。第一先生の服装が気になった。

真っ白いシャツに真っ白いトレーニングパンツをパッチリとはいてスマートだ。今思うのだが体操の選手だったのではなかったかと。

学習は徒手体操が主でゲームや器械体操の記憶はない。単調な時間のようであるが先生の動作一つ一つに心ひかれた。体がやわらかいのだ。特に驚いたのは股を百八十度開いてみせた時である。「自分もあんなふうになれたらなあ」と思い、今でもその映像がハッキリ脳のスクリーンに残っている。

楽しいこともあった学校なのに、柏木町からどこか下町に移り学校は休むことが多くなっていくのである。

今度の住家(すみか)は下町の市場の側(そば)であった。

市場は建物があるわけでなく天井も側面もテントを張っただけである。床は地面そのものであり、土（地面）の上に店それぞれの台を並べ、その上に直(じか)に品物をのせる八百屋さんや乾物屋さんとか、適当な大きさの箱にガラス付きの蓋をのせたお菓子屋さんなど、店の作りは至って質素で無防備であった。夜の営業はなく、日が暮れる前に大体の店が品物の上にシートを掛け店仕舞いしてしまう。テントの出入口に仕切りはなく四六時中通行可能であるが通る人はいない。そんな状態でも盗難にあうことなく平穏でいられた時代である、一九三五年頃のことだ。だが、その平穏を破った小悪人がいた。

韓国人村から引っ越してきて少し地域の様子がわかった頃思いついた。その悪人は私のことで万引きをすることだ。

先に述べたようにこの市場は夕方人がいない。通行可能で何時でも入れる。お菓子はシートを少しはぐり、ガラスのついた蓋の端をほんの少しはぐり、指先だけで少し挟み取るのである。一度そうやって少しだがお菓子にありつけたのだ。普段お菓子など食べたことがなかったので至福の一時を味わってしまった。

それに味をしめて次の日も行って同じようにシートをめくり、お菓子の蓋を上げてまさにはさみとろうとしたその時、

「こらー」

という声と共に男の人が出てきたと思ったら手を捕まれた。

「こんどから、こんなことするんじゃないよ」

と言って手を放してくれた。

警官を呼ぶわけでなく親が呼び出されるわけでもなく、説諭だけですむとはなんて優しい人だったんだろうと今思う。それからはその市場に入ることはなかった。だが、物を盗む癖は直らなかった。

市場に向かい合って大きな炭屋があった。そして市場と大分離れているため二店の間にちょっとした広場ができていた。

　市場の大売出しが偶(たま)にありチンドン屋がやってくる。

「チンチンドンドンチンドン、チンチンドンドンチンドンチンドンドン」

と聞こえると飛び出してゆく。市場の前で踊るようにして演奏している。大抵体のがっちりしたおじさんが顔を真っ白く頬を真っ赤にして、衣装は派手で、例えば水色の股引きに赤い袢天とか、黄色いパッチに浅葱色(あさぎいろ)（緑がかったうすい藍色）の長めの着物を着て、後の裾を腰帯に挟んでおはしょりするとかである。

　体の前に大きな太鼓と鉦(かね)を留めた木の枠(わく)を太いベルト状のもので肩にかけ、背中には肩巾の一・五倍位で丈の長い広告紙を背負い演奏するのである。そして一秒でもじっとしていず、その場でじぐざぐの円をえがいて回るのである。おじさんの顔や体つきが面白くいなくなるまで見ていたものだ。

　そのうちに、チンチンドンドンと鳴らしながら街道へ出かける。男の子たちはそのあとに付いていく時もあった。その頃子どもの遊具は余りなく、地面が相手で石けりなどしたが、チンドン屋は珍しく楽しいものだった。その当時はよく見かけたがやがて世の中が不穏になり、戦時色が濃くなるにつれて数が減っていったようである。

　昭和の懐かしい風物詩である。

扨、肝心な転居したところの紹介をすっかり後回しにしてしまったが、炭屋の横の格子戸のある家の一室らしかった。部屋のことは何一つ覚えていないが、ニスのぬられた格子戸がすっかり気にいってしまい今もしっかり覚えている。

その日も市場の前の広場で一人遊んでいた。見慣れない入学前位の女の子が近寄ってきて、急に、

「おかあさんが、『うちへいらっしゃい』といっている」

という。

見ず知らずの女の子にそう言われてもと思ったが、ついていくことにした。

玄関へ着くとおかあさんが迎えてくれて、

「よくきてくれました」

と言われ案内されるまま上がっていくと、お雛様の飾られた部屋にとおされ、座布団にすわらされた。見上げると、雛壇の大きさにびっくりしてしまった。たんすより高いのだ。世の中にこんなものがあったのかとしばらく見とれていた。

もうそのあたりから平常心を欠いていたようだ。ご馳走が出たのだろうが全然覚えていない。礼儀作法をわきまえない私がさぞがつがつ食べて礼を言わなかったであろ

う。

　帰り際に、

「よくきてくれました、またきて下さいね」

　と言われた。しかし、いくら馬鹿な私でも汚れぬいた服に見すぼらしい格好の私に二度とおよびがかかるとは思わない。

　普通の家庭の子どもだったら美しいものを見、おいしいものを食べたら、楽しいとか嬉しいという感情が残った筈なのに、喜びよりも胸にずしりと重いものを感じたことだけ記憶している。きっと、礼儀をわきまえず図々しい態度だったろうと思うからである。一つの試練だった。


　友だちができないので一人で丸とび等していた。格子戸の玄関に近い広場で、炭屋のトイレの窓からよく見えるところだ。

　ふと人の視線を感じその方に目を向けた。そこは炭屋のトイレの窓であった。その窓からこっちを見ている女の子と私の目と目が搗ち合った。いきなり、

「あそうぼう」

　と言ってきた。ここへ引っ越してきてから、この女の子が外で遊んでいるのを見たことがなかった。

言われるままその家の入口へいくと、

「うちで遊ぼう」

という。女の子の部屋らしい小さい部屋へ入れてもらった。びっくりした。私の欲しい物が所狭しと置かれ飾られていた。

しばらく遊んでいたが急にだまって台所の方へいってしまった。欲しい物だらけの部屋に残されたのである。つい、小箪笥の上にある色紙に手がのびた。色紙は折り方を知らない。休学ばかりして習っていないが魅力的であった。上から指にひっかかるほんの二、三枚をポケットに入れた。その日はばれず無事に帰れた。

盗みをしたことを忘れてこの前と同じ広場で遊んでいた。急に人の視線を感じ無作為にその方を向いた。何といつかと同じように炭屋のトイレであり女の子の顔がこっちを見ている。色紙のことがありどぎまぎしている私に、

「つやちゃんはどろぼうだからねー、遊ばない方がいいよ」

大声で高い窓から叫んだ。広場中やその周囲の住宅へもろに伝わっただろう。勿論市場の人に筒抜けだ。

久し振りの登校だ。勝手口から外へ出た。空は晴れて高いが、薄い雲があるのか日ざしがやわらかだ。一目見て心が和み、心地よい気分になれた。

ふと見ると、真新しい塵箱が、外壁につけて置いてあった。この頃の塵箱は、縦六十五センチ以上、横巾五十センチ以上、奥行が三十センチ以上の箱で木製であり、家庭により大きさは区まちではあった。傾斜をつけた蓋がつき、手前の側面には上げ下げできる仕切りがあり、都合の良い所まで上げると止まっていて落ちないので、収集人はらくに塵を取り出せる。そのおじさんは農具の箕に似ているが、もっと丈夫そうに作られた箕の中へ塵を掻き出し、収集車へ運ぶ。その当時は、チリンチリンと鐘をならし、一軒一軒集めていた。今気付いたが、割に家の周囲や道端に塵は少なかったように思う。そして、あのチリンチリンが懐かしく耳元に残っている。

その塵箱の上に、私の袷がたたみもせず、バラッと投げ捨てたような形でのっていた。丁度近くに母がいて、

「これから、これを洗濯する」というのだ。

「え、どうして」と思った。

「だって、貰ってきてから一度も着てないのに」とも。

祖母が女中奉公している家の、お嬢さんのお古をもらってきたものだ。

おぼろ気だが、黒地に赤や黄色や緑の花らしいものが大きく描かれていて、一目で気に入ったものだった。それに、布がのりでもついているのではないかと思う位シャキッとしていた。

「それをなぜ」と思っても、母が言うのだから仕方ないかと不満をおさえておいた。

学校から帰ったら、日中なのに珍しく母がいた。帰る私を、まるで待ち構えていたかのように、いきなり、

「盗まれた」という。

「えー」と驚き、二の句が継げなかった。

「なんで塵箱の上なんかに置くのよ、塵じゃないと思っても、『塵に出したんでしょ、もらっていいですね』という心で、持っていっちゃうじゃない」と思ったが、母には言わなかった。不満を抑えた分、恨みはいつまでも消えない。いくつになっても時々思い出す。

今、文にしてみてわかった。真相はこうだ。新しいからこそ、質屋に持っていきたかったのだろう。それで、家族の糊口をしのいだのだ。それなら役にたってよかったと思うのが家族であろうが、いつも冷たくされている母の行為には、しんからの従順はできにくかった。

しかし、心を落ち着けて考えてみると、ひどく困窮していたのかもしれない。

私の宝の着物をなくした梅雨もすっかり上がり、晴ればれとした季節がやってきた。その頃東京音頭が流行っていた。一九三三年に、西條八十作詞・中山晋平作曲の

「東京音頭」を日本ビクターが発表した。私の小学校入学の年である。

随分人気があったそうで（歴史書によると）、東京では公園・寺社の境内・原っぱ等で、踊る人が溢れていたそうである。

うちの近くの広場でも知らぬ間に櫓ができていたのだ。

ハアー
おどりおーどるなーら
チョイト東京音頭ヨイヨイ
花のみーやこーの
花のみやこのまん中で
サテ、ヤートトナーソレ、ヨイヨイヨイ
ヤートナーソレ　ヨイヨイヨイ

今でもこの文言は忘れられない。相手が居たら踊りたい。

太鼓の音が流れてくると、何を置いても駆けつける私であった。

その広場というのは市場の裏にあった。立派な櫓だった。太い四本柱に紅白の布を巻きつけ、広い舞台がつけてあった。その台の上で、太鼓や笛にあわせて声量のある人が歌っていた。電燈の光が弱くうす暗かったので、遠目では顔の判別がしにくい位だから、私のみすぼらしくうす汚れた格好でも気兼ねなく踊りの輪に入れた。

貧富の差がなく国民誰でも輪になって踊れたのはいい時代だったと、懐かしく思い出す。

しかし美しいものには人並みに憧(あこが)れていたらしく、今でも目に浮かぶのは若い衆の着物姿だ。特に浴衣の袂がきちっと角張ったままひらひらとゆれていたのが、忘れられない。昔は男、老若を問わず浴衣(ゆかた)を着る人が多かったように思う。それは仕事着の姿より涼し気で、その上一段と男っぷりも上がったように覚えている。着ている本人も日中着ていた仕事着をかなぐりすて、風通しのよい浴衣(ゆかた)に着替えたらさぞゆったりした気分になれて、くつろげただろう。

十三夜が過ぎて朝夕寒くなってきた。

梅雨頃は登校したこともあったが今は、毎日一人で広場あたりにいた。

或る日、炭屋の裏手の大通り寄りに大きな壺(つぼ)が置かれた。格子戸の真ん前である。

大きいのだ、大のおとなが入れる位ある。まん中がふくらんで紡錘型(ぼうすいがた)になっている。土でできているらしく白っぽいが土に近い色をしていた。

はじめ何をするものかわからなかった。おじさんの動きをみて、「やきいも」を作るものだとわかった。

大体昼過ぎに焼き上がるようだ。小学生が学校から帰ってきた頃、おじさんは蓋をとって中に少し手を入れ中で何かをしている。すごく厚い手袋をして長い挟むようなものを使い、おいもの位置や向きをかえているらしい。中はどうなっているか見たいが見られない。近寄ってもおじさんは怒らないので、ほんの少し中を覗いてみようとしたが、熱くて何も見ることはできなかった。それで考えてみた。壺の中の肩にあたる辺(あた)りに、太い針金のようなものをぐるりと取りつけ、いもにつけた鉤が引っ掛かるようにしてあるのだろうと。

壺の下の方で火をたくため、いもはほどよく焼けるのだと思った。

壺がきた頃は寒くなかったので人だかりが少なかったが、気候が少し変わり、寒い日は男の子が壺を囲んでしまう。囲めない子は少しでも壺の側(そば)にいたいらしく、囲んでいる者にくっつくようにしてメンコをしている。

或る寒い日、いっぱいの人だかりで壺は見えない位だった。焼きいもの出来上がるのを待つ人でいっぱいなのだ。手にお金を握って上に振り上げている子がいて、落とさないかとハラハラして見ていた。自分にはお金がない。けれど余りの熱気に引き寄せられ、側(そば)へいってみることにした。人だかりの外側についてみた。しかしおじさんが見える位で売られるようすや、買うようすなど何も見えなかった。面白くないので帰ろうと思い、人の足を踏まないように中腰で人垣の外へ出ようとしていた。下を見ると、足、足、足、初めて見る不思議な光景であった。

すると足の林の中に丸い平べったいものが落ちていた。よく見ると十銭である。大金だ。誰か探している者はいないかと少し頭を上げてみたが、人の輪は変わりない。とっさに拾ってにぎりしめ格子戸の中へ入った。その戸の端の透き間から外のようすを窺(うかが)っていたが、静かなので安心した。

扨大金といったが、その頃米が十銭で一升買えたのである。自分はその拾った十銭を使った覚えはない。第一物乞いに近いような身なりの子どもが十銭持って買物にいったら、近所で評判の私だから、

「そのかねどうしたんだ、どっかで盗んできたんだろう、親が預ける筈ないんだ、どうしたんだ」

と言われるにきまっている。そんなわけで自分で使った記憶は全然ない。やはり家の誰かにやっただろうし食料などに変わったのだろう。そう思うだけで自分の罪の重荷が少し減ったという感じを持ったのだろう。とんでもないことである。

複数の人間が言い争っているらしい声で目が覚めた。掛布団を足の方にずらしてあたりを覗いてみた。格子戸の部屋からいつの間にかこの広い部屋に運ばれていたのだ。

薄黄色の壁が広びろと広がっていたが家財道具が何一つなく、がらんとしていた。壁の真ん中あたりに柱らしいものがあり、それを背にして父が立ち相対して母が立ち

ながら、帯をほどいている最中である。祖父母は二人より離れて右手の方に座っていた。

「まんま食ったか」

と母に向かって祖父、返事がない。

「まんまくったかよって」

また祖父、母の返事は聞こえない。こっちはドキドキしてきた。

「親がまんま食ったかって聞いてるのに返事ぐらいしろ」

と父。

「してるじゃないか」

「したなら聞こえるように大きい声で言え」

父のその声が終わらない位のタイミングで解きかけていた帯をキュキュッと締めると何も言わず、我われ三人の子どもが雑魚寝しているところを無造作に跨いで、ガラス窓の戸をピシャリと閉め、物干の床板をカッカッと踏み鳴らして深夜の巷に消えていった。

目ざめてから一部始終を見ていたが帯を締めかけている時、「かあちゃんどこへも行かないで」と願ったのにかなわなかった。

悲しみがどっと押し寄せてきて泣いた。なぜか声をころして泣いた。今思うに、七歳位の子どもが声をころして泣くとは異常だと思う。あの時布団を被って声が出るのを抑えた。すごく苦しかった。あんな苦しいことは初めてだった。そんな泣き方を誰からも教えてもらっていない。今思うと本当に不思議だ。

ここで子どもらしく大声で泣いたらどうなるか。三人の大人は慌てる、私を叱る、何がおこるかわからない。そういうことを考えたことはないのに小さい時からの経験の積み重ねで、声をころして泣くなどということを、私の脳はやってのけるようになっていたらしい。そうだとしたら何てすばらしい脳と体の機能だろう。しかし、単純に声を出すと怒られるという理由かもしれない。ものは考えようだ。

母はこの夜以来帰ってくることはなかった。もし父が母との生活を求め祖父母も母との同居を望んでいたなら、母が出ていくことを止めたであろう。三人共母が出ていくことを望んでいたのかもしれない。

もうこの時父に思い思われる人がいたらしいのだ。祖父母はそんな父に同調していたのだ。母は自分の立場が危なかったことや大島の家のようすを見にきたと思う。あの三人（父、祖父、祖母）のようすから大島の家との、また夫婦との絆は切れたと悟ったのだろう。

では父の方はどうかというと、入学前の私をよく新宿の映画館へ連れていった。その映画館の切符売りの美人に「ちょっかい」を出したら、相手が本気になってしまったと聞いたことがあった。どうもそれ以来交際が続いていたらしい。それに祖父母は父に協力的だったらしいのだ。

騒（さわ）がしい声で目が醒（さ）めた。

障子のガラス越しに隣の部屋を覗（のぞ）くと電気が煌煌（こうこう）とついているその下で、男が大勢立ち上がって向き合い大声で喚（わめ）きあっている。とても喜ばしいことがあったらしい。「父がいるのだろう」と思って探してみたがわからずあきらめたが、「一体どうしたんだろう、うちらしくないことをしている」という思いが一瞬（しゅん）頭を過（よぎ）った。だがすぐ眠ってしまったらしい。翌朝目が覚めたら静かだ。隣の部屋には人っ子一人いない。元気そうな男の人や父はもうこないのだろうか。

気をとり直して家を見た。木という木は殆（ほとん）ど桜色っぽく真新しいという様態を呈していた。廊下は黄色っぽい琥珀色だ。きたない私の足で歩くなど勿体ない気がした。障子の白さは太陽の光を存分に受け入れて家の中が明るい。どうしてこんなきれいな住居に入れたのか、又すぐ引っ越すのではないかという気がした。台所へいってみた。光が少なく寒々としていた。その中で背を屈（かが）めて俎板（まないた）に向かっている祖父を見た瞬間ハッとした。何かを切っている腰を曲げた格好がいそいそとしている。どんな料理を作っているのかしらぬが真剣そのものな様子、こうも体つきが変わるものかと思った。尤も彼は若い時ハワイで食堂経営をし財を成した位なのだから、自分でも厨房に立ったであろう。彼を少し見直した。

扨木の香りの漂よう家での最初の食事は白いご飯だったろうが覚えていない。ただただ鰈だけをよく記憶している。生まれて初めてのご馳走であったから、食べ方がわからないので考え考え食べたことは覚えている。こんな魚は面倒くさくて二度と食べたくないと思ったことも。

それなのに三日位経（た）ってまた鰈だ。今度は面倒くさくなってごちゃごちゃにしてしまった。下膳の鰈を見た祖父は、

「なんだ、こんなきたない食べ方をして、この前きれいに食べたから出してやったのに」という。「あ、そうか、無理して鰈にしなくてもいいのに」と思った。今（約九十年後）気付いたのだが（えんがわ）を残してやればよかったのだ。彼は鰈を食べたかったのだろう。そして自分の子にも食べさせたかった。それなら食べ方を教えてくれればよかったのに。

実は年を重ねて生きている間に祖父の子であるという種々な事例に遭遇（そうぐう）し、最近（九十四歳）確信が持てるようになった。いくつかある事例の中で確たるものは、冷たい母の仕打ちと私の名前である。

祖父は豊太郎、その豊に色をつけて（艶子）とした。名付けおやが父（戸籍上は父であるが真実は兄である）だったとしたら、出生と同時に父（本当は兄）に捨てられ

ていたのだと思っている。つまり、豊太郎の子だから豊に色をつけたよ、おれの子でなんかないよという意味なのだろう。それで幼少から除籍するまでの父（兄）の行動（仕打ち）が頷ける。その上に私は絶対的に祖父を嫌いなのだ。きっと母の胎内にいた時、母は祖父をひどく怨んでいたと思われる。その心情をもらって出生したのではなかろうかと思っている。

そんな祖父とガランとした広い家で暮らすのかと思った時、淋しく心細くてどうしていいかわからなかった。そして、何故父や母、弟や妹に祖母はいないのだろう。しかしそのことを祖父に聞く気はなかった。

彼方此方と移転し、学校を休んでばかりいたが、この新築の家に住むことになり、学校へ行けるようになった。

さあ学校へということになったが、淀橋第四小学校から少し遠くなってしまったらしい。

さて、靴がいるということで、祖父がどこかから出してきた。みると、「引っ越しの後の塵の山にあるようなものだな」と思った。ベージュ色が褪せて白っぽくカサカサしている感じだ。形は平べったく横巾広く爪先が丸くなり、甲にベルトをかけるようになっている。そして、底がへっていてペチャンコだ。

そんな靴を履いて立派な玄関から外へ出ると、敷石が何枚かある。その突き当りに格子戸のついた門が立っている。格子がついているので嬉しかった。

門を出ると、気分が一変する。気分新たに登校の筈なのに、一歩でも歩くとがっかりしてしまうのだ。余りに大きい靴なので、足を上げても足についてこず、大げさに言えばぶらさがっている状態。それが地面につくとパタンという感じなのである。これは本当につらくて今でも歩くもどかしさが思い出される。

朝礼の時も気分が暗かった。そんな時、何となくSに目がいった。

級の中にSという背が低くいつもきたない身なりをし、少しボーッとしている男の子がいた。何故か気になる存在だった。特に今日は何となく気になって、Sを見ていた。

朝礼が終わり行進を始めた。しかし、Sだけ棒立ちになって動かない。先生は知らないで行進を続けている。Sと何故か私が残った。と思っていたら、急にSも歩きだした。と、何とまあ、彼の立っていた跡に、黄金の大きな（とぐろ）が渦巻いていた。余りきれいな色をしていたので、少し見とれていた。

Sは先生に何も言わず知らせず、出す場所を間違えていた。普段から無口ではあったが、こんなことになってしまったのは、勉強がよくできないのと同じだと思った。

身なりはよれよれのうすよごれたシャツに、中途半端な丈のズボンをはいていた。

遠くから通ってくると聞いている。

　私とよく似ている。家が貧しく、身なりがみすぼらしく、口数少なく、学業成績が最低で、友だちがいないし、遠くから通学していると。同じような人間がいると思うと、心が少し安らぐのだった。Sと自分を重ね合わせていたようで、今でもおぼろ気に思い出す。

　新しい家に住みはじめていろいろなことが立て続けにおこったので、この家のせいかと思い、何となく親しみを持てなかった。

　何故か、鰈と、大きい靴と、Sの行動が、渾然一体となって鮮明に記憶されている。

　Sのことは、「同病相憐れむ」ということだろう。

　朝目が覚めた。何と新築の家ではない。何日も住んでいないのに引っ越しとは。

　いつも夜引っ越しをするので眠っているうちに運ばれるのだ。近頃こんな引っ越しの仕方をしている。子どもであっても何かおかしい、大人たちを信用できないという気がうっすらとしていた。

　今度の住家（すみか）は六帖と三帖に台所とトイレで風呂場はない。

　入居した時、電気やガスは使用できなかった。水道だけは使えた。柏木町の二軒長屋とは比べものにならない質素な有様である。周囲は裕福そうな住宅ばかりなのに、どうして一戸の長屋だけがポツンとあるのか不思議だった。住所は教えてもらってないのでわからないが、京王線の幡ヶ谷から玉川上水の工事中に向かってゆき、玉川上水を通りこして大きい道路に出、尚少し先へ行った住宅街である。大きい道路には店があり活気があったように覚えている。

祖母が女中奉公をやめて帰ってきたので三人になった。祖母は神経痛がひどくなったと言っていた。

父や弟妹はどうしてこないのだろうかと思ったが、元もと情の薄い家族なので余り気にせず、祖父、祖母と私の三人で暮らし始めた。

少し出席した学校は父が転校手続きをしてくれないので休学である。

転居して間もない日、玄関の戸の開く音がした。人など来る筈ないと思っていたら父が入ってきた。

「艶子、新しいかあちゃんに会いに行こう」

と、声をはずませてにこやかな顔で言う。

「今どっかへ行っているのがあたいのかあちゃんなのに」心で叫んだ。

しかし父に言われたからには行かなければならないと思いついていった。

そこは京王線の初台駅に近い新築のアパートであった。通された部屋がとてもきれいで日当たりがよく明るかった。

長屋に全然こなかった弟と妹がかしこまって座っていた。私をもそこへ座らせると父は隣の部屋へ入っていった。

　暫くすると、着物を着た父が敷居の上に立った。なんて美しいのだろう。うすい灰色で光沢のある着物に角帯をキリッと締めた姿は、すらっとして格好よく、はじけんばかりのにこやかな顔と相まって活動写真に出てくる人と同じようだ。

「とうちゃんてこんなに男っぷりがいいんだ」と見とれていた。

「こんど、この人がお前たちのおかあちゃんなんだから言うことをよく聞いていい子にしてるんだよ」

と言うと、父の後から新しいかあちゃんが出てきた。びっくりした。

　髪はチャンバラの活動写真に出てくる女の人と同じように結ってにこにこした顔も美しい。

「かあちゃんよりずっときれいだ」と思うと同時に、「あたいのかあちゃんなんかじゃない」と心の中で叫んだ。だが、二人は揃ってきれいだった。

　二人の馴れ初めは映画館の切符売り子からだ。父はよく新宿の映画館へ行っていた。或る売場に美人を見つけちょっかいを出した。私はその現場を見ていた。父が弟だか妹のどっちかを背負っていて私がそばにおり、父の友だちと父がにやにやしながら売り子にサインか何かをしていたのを、今でも思い出す。二人共子どもっぽいようすで、私でもいたずらしているような感じを父からうけていた。その相手が花子であったらしい。

花子は本気になり父は困ったそうだ。花子の積極的な態度に父が負け、結婚ということになったのだ。私が小学校へ入る前で今私は三年であるから、四、五年花子が頑張ったことになる。この時父は二十八歳であった。思えば押しかけ女房の斎藤ハチイに振りまわされて苦労したが、これで本当の結婚ができたのである。

新しいかあちゃんと顔合わせのあと、私はすぐ長屋に帰された。やっぱり父に嫌われているがそれ以上に花子に従順にならないと見越されてのことだろう。私も祖父母と一緒の方がかえって気が楽である。
二、三日したら弟と妹がきた。ところが又二、三日したら父と花子がやってきた。父は印半纏花子はアッパッパに束髪だ。きっと父の身なりに合わせたのだろう。この家は六帖と三帖しかないので父たちには三帖を使ってもらうことにした。

暫く父は働いていたが、二人して日中家にいるようになった。

「艶子、カツ丼屋へ行ってカツ丼五つたのんでこい」

五こだと祖父母の分はないのである。「おじいちゃんたちどうなるんだろう」と、可哀相(かわいそう)に思った。

言われるままに一番近い店に行った。七、八百メートル位長く高さ十メートル位はあろうと思う赤レンガの塀の続く坂道を下っていくと、ポツンと一軒食堂がある。

ガラガラッと戸を開けて中へ入ると、

「いらっしゃい」

とにこにこしたおじさんがカウンターから出てきた。注文すべきことを言うと、

「ああ、何々さんの所を左へ入った大島さんですね」

と丁寧に繰り返した。感じが良く安心した。店屋物の注文は生まれて初めてだ。この店のカツ丼を食べて少し日数がたっていた。

「艶子、この前のカツ丼屋へ行ってまた五つたのんでこい」「えっ、未だお金払ってないのに」「いくのいやだなあ、どんなことを言われるか」と思うが父に何も言たくなかった。高く長い塀の通りに出るとカツ丼屋は近い。

「なんて言われるだろう」一歩一歩進む毎に不安は募る。

ガラガラッと重い戸を開ける。

「いらっしゃい」

と、にこにこ顔のおじさんが出てきた。「まだ気付いていないんだろうか」

「カツ丼五つおねがいします」

「どちら様で」

と丁寧だ。

「大島です」

「え、なに」

ますます不安が募るが、思いきって、

「大島です」

「ああ大島、あれは駄目、何度催促にいってても払ってくれやしねえ」

丁度私の周りにいた三人のおじさんが、神妙な顔をしてうなだれているだろう私を見おろしている。その見おろしていた男の姿が今でも浮かんでくる。「あたいが悪いんじゃないのに、おじさんたちは馬鹿にしたように見下(みくだ)している」いたたまれず急いで外へ出た。少しすーっとしたが、目に映る高い塀が行く手を邪魔しているようで暗い気持ちになった。家へ着くと、すぐ別の店へ行ってこいという。

そんなことをして、配達できる三軒をみな踏み倒し行く処がなくなった。

父は相変わらず家にいることが多い。花子は食事を作らない。作れないのかガスが出ないのかおかしいかあちゃんだと思った。

「艶子、通りのパン屋へ行って食パン一斤買ってこい」

「えー、あのパン屋へ行けるなんてなんて嬉しいことなんだろう」そのパン屋さんの前を通る時いつも買いにいきたいなあと思っていた店だ。店の間口が広く、店内には丈が高くて大きいウインドウが店の大半を占め、店の前の道路にはいつも打ち水をして清潔な感じがしていたので好きだった。

扨買ってきて小机の上に置いた。一斤のパンだけ。ジャム、バター、湯も水もない。でんと置かれたパンに、父が最初に手をのばし、指でパンをはさんでちぎりとり口の中へほうり込んだ。それを見ていた子どもたちはみんなまねをして食べた。最後に花子も同調した。花子はさぞ驚いたことだろう。

しかし通常こんなことはできないと思うが、窮すれば通ずとはよく言ったものだ。一生忘れられない。

日が高いが遊び疲れたので帰り、玄関の戸を開けたら父がいた。近頃余り見かけなかった父が印半纏でなく、ポロシャツを着てすかっとしていた。

三帖と六帖の境の襖を取り払い、二間(ふたま)の真ん中あたりに小机を出して何かを一生懸命書いている。と思ってみていると丸めて机の周りに投げ捨てる。書いては投げ書いては投げ捨て、丸めた紙の球が机を取り囲んだ。祖父母や弟妹は六帖の押入れの近くで、身を縮めるように小さくなってかたまって見ていた。私にはわからないが何となく切なくなってきたので外へ出た。

今考えるとわかる。父はハワイの小学校しか出ていないのだ。履歴書の学歴はそれだけ。書いても無駄だ。もしかしたら祖父母に対する（当てつけ）だったのではあるまいか。書いて捨てることにより、「おれをなんで上の学校にいかしてくれなかったんだ、金なんていくらでもあったのに」というような憤まんをぶつけていたように思える。父はそれを言葉にせず行動で示したのだ。やさしい父らしい。豊太郎は自分の子どもの将来をどう考えていたのだろうか。

それより経営が順調だった食堂をたたんで急きょ帰国した時から、豊太郎とその家族の人生は狂ったのではあるまいか。帰国しないで食堂を続け稔が継いでいたならば、小卒でもよかったのだ。

その日以来、外から帰ってきても家にいる夜でもしっかりと印半纏を着込み、堂々としていた。どうして急に心変わりしたのだろう。いや彼の心変わりというよりも、今の父の学歴に同情して、花子が励ましたのだろうと思われた。

一段と仲睦まじくなってきた。食事中片時も相手から目をそらさず我々子どもの存在は空気同様。しかし花子を見ていて、よくもまあ、人の顔を食い入るように長く見続けられるものだとおどろいた。

時々花子のおかあさんが様子を見にくる。入ってくると上がりがまちに腰かけ、

「どうだい」

と話しかけてくる。花子は口数少ない。

そこで、

「子どもたちはどうしたい」

「あ、そこに一人いるじゃないか」

「泣いてるよ、ほらみてやんなよ」

私は花子のおかあさんがくると叱られるのではないかと、台所のボロボロに破れた障子に隠れるのだが丸見えであった。

「なあに、自分で指をいじくってたいしたことはないのに、泣きまねして人の気をひいてんだよ」

「でも泣いてるじゃないか」

その親子の会話がはっきり脳に染み込んでいる。「花子のおかあさんはなんてやさしいのだろう、それに比べ花子はどうしてきついのかな」

もう丸まげのにこにこしていた花子はいずこへ。束髪で眉がつり上がって近寄りがたい風貌（ふうぼう）に変わってしまった。

そのうちに父と花子がいなくなった。

祖父母と子ども三人の五人で暮らしていた。電気とガスがないのに本当にどんな暮らしだったのだろう。何も記憶に残っていないのだ。

その中でたった一つ忘れられないことがあった。

それは珍しく雪が積もった日のことだ。昼めしがない。祖母が糒（ほしい）があると言った。糒でおかゆを作ることにした。

雪国ではないので小さめの火鉢が一つあるだけ。幸い炭は足（た）りる位あった。扨、家の押入れの外に積もった雪を鍋に押しつめて山盛りにして取ってき、火にかけた。雪がとけたので糒を入れ煮立たせた。糒が少なく茶碗の下の方に沈んでいるようなあわれなおかゆであったが、みんな黙って飲んだ。

小さい弟が何にも言わないだけに尚更かわいそうだった。

店屋物の借り倒し、一斤のパンをかじる等のあと、父と花子がいなくなった。ただ、祖父母と子ども三人が電気もガスもない処でどうやって暮らしていたのか、全く記憶がないのだ。雪の日のことは別として。

小学三年の筈なのに転校届をしてもらえず、休学していたが気にならなかった。

新しいものが好きで、幡ヶ谷駅まで行ったり、玉川上水の工事途中のところなどへ行った。玉川上水の工事途中は水たまりになっていた。その中にいろいろなものがいたりあったりした。昆虫の死がい、水中の生きもの等。

丸くて半透明なものが沈んでいた。「きれいだ」と思ってつまみあげたがプニュッとしたので「気持ち悪い」とあわてて捨てた。何気なく指の臭いを嗅いだら気味の悪い匂いであった。あとで考えたのだか小動物の眼球の一部ではなかったかと。

気味の悪い思いをしたので今度はうちの周りを歩いた。

引っ越しのあとの家の庭にごみが山になって置いてある。その中にはまだ使えるコウモリや子どものすり減った下駄などがあった。使えそうなのでもらってくることにした。

しかしそんなことばかりしていたら何となく情けなくてやめた。

或る日、住宅街から通りへ出た途端、右の方から強い視線を感じた。思わずその方を見た。女の人が赤レンガの高い塀をバックのようにして立っている。まるで博多人形のように。体がふっくらとしている。上等そうな着物を着ているようだ。そして飾りつけた人形のように動かないでじっとこっちを見ているようすだ。「かあちゃんかな、いやいや、あんなよさそうな着物を着ているから、かあちゃんじゃないな」と思いながら、その人を見続けていると、お付きの人がこっちへ走ってきて、私の手にお金を握らせ、

「あのおばさんがくれたのよ」
というと、さっと身を翻して人形のような人のいる処へ帰っていった。すると、二人して私から見ると赤レンガの塀に沿って右、たしか新宿方面だと思われる方に姿を消した。タクシーで来たらしい。

博多人形型のおばさんのことはすっかり忘れていたら、そのおばさんがうちへ来た。なんと母であった。

祖父母と母と話している内容によると、稔（母の夫、私の戸籍上の父）と正式に夫婦別れすることになったそうだ。その際要（私の弟）を欲しいと言ったそうだが稔は譲らなかったという。ここで、父も母も嫌いな私が母に引きとられることになったという。ここであからさまに母にも嫌われていることがはっきりした。この母について いく私に喜びはなくなっていた。

父の戸籍から母の戸籍に移り、大島から斎藤になった。一九三五年頃である。

母が引きとることになっても同居できないので、新潟の実家へ預けるのだそうだ。

私にとっては全く未知の世界だ。

扨自分の実家に預けるのに母本人は行かないそうだ。そこで、上野の洋服屋に勤めている叔父（幸象といって、斎藤家の二男で母の弟である）が一切母の代わりをしてくれることになった。今回支出した金は一切叔父の負担だと聞いた。

　事が決まると叔父は早い。すぐやってきて上野の洋服屋へ連れていかれた。着ているものは上から下まで全部着替え、靴も買ってくれた。ピッタリなのでとても嬉しかった。

　汽車は夜行列車で勿論蒸気機関車である。丁度その日は満員で立っていた。ハンドバッグに腕時計まで買ってもらったので珍しく嬉しくて、時刻を見るような仕草をして遊んでいた。しまいに飽きてきたら急に眠くなり、床にくずれ落ちたらしい。座っていた人が席を譲ってくれたので、席についたことまでは覚えているが、目が覚めたら新潟の実家であった。叔父は水原駅からタクシーで運びすぐ帰っていった。

　実家は、新潟県北蒲原笹岡村大字勝屋字岩倉という処だ。斎藤の家は字で一番上（川の水から考えて）で「茂助どん」と呼ばれていたのだが、今は貧困のどん底であった。そこへ思いがけず食い扶持が一人舞い込んできたのだ。いくら子どもでも苦苦しく思われたであろう。

　この家の空気は寒ざむとしていた。家族の会話がないのである。その上、ここの祖父母や長男の茂一郎、嫁さん等すべての人と初めて会うのである。普通だったら「よう来たなあ」位の言葉はあるだろうに何もなかったし、私も「よろしくお願いします」の挨拶もできなかった。

最初に私に声を掛けたのは祖母で「たれの子だすけたれだわのー」という言葉である。訳すと、「馬鹿の子だからお前も馬鹿だよねー」となる。私のやることすべてにそういうけちがつく。他の家族は一言もない。

他の家族とは、戸主の幸一郎（母の父）、茂一郎（ここの長男、母のすぐ下の弟）、律（茂一郎の嫁さん、この頃新婚であった）と、義男（幸一郎の四男で十四歳）の四人家族であった。

有難いことに、茂一郎叔父が出湯小学校に転入届を出してくれたので、すぐ登校することができた。

大体丸一年と一、二年の時もちょいちょい休み、学力は小学一年生位しかなかったのではないか、と思っている。担任の女の先生は驚いたと思う。その当時は個別指導などなく、おくれた学力は私の場合そのまま進級である。

扨、その頃の東京と違って集団登校であった。この家は村の一番奥なのでみんなより早く家を出、集合場所の村の入口にある橋まで行くのだ。そこからみんな揃って学校へ向かう。

何といっても言葉がわからない。最初朝鮮語かと思った。

彼女らにとっては私がもの珍しいらしく各自いろんな言葉をかけてくる。こっちはポカンとしている。珍しがられるのも無理もない。私はランドセル、彼女らは肩から提げる袋である。こっちはちょっとしたおしゃれの洋服に対して、モンペと下駄ばきという格好である。彼女達は質問が駄目だとわかると、いやがらせに変えた。

この通学路は月岡温泉に通じる重要な街道であるが、手入れされてはいなかった。先ず集合場所の橋を出るとすぐお庚申様の社がある。橋から左手の林が進むにつれて暗くなり、お庚申の背面は森になっている。右は土地が高くその上丈の高い草が生えていて見晴らしがきかず、ちょっとした谷底を歩いている感じだ。そんな中で森にさしかかるとキッとなって緊張する。つまり「こわい」のである。そこを通りこして進むと、徐々に庚申の森は山の方にのび明るい道になる。ところが進むにつれて、又急に小さな森のようにうす暗くなる処がある。山の湧き水が流れてきて小さな川になっている。板が三、四枚渡してあるだけなので、林のうす暗さと簡略化された橋が相俟って神秘的なのだ。都会育ちの自分には林や森という自然に圧倒されただけで、旅人にとって大切な水呑み場だということに気付くことはなかった。今気付いたのである。神秘的な橋（水呑み場）を過ぎると急に両側が草原で明るい。それが暫く続くと賽（さい）の河原（かわら）がある。川は水が少なく大小さまざまな石でうまっているようだ。とても立派な石の橋がかかっている。それからは左の山手の方は草原で、右手は植林の杉の木がきれいに並んでいた。更に進んで四ッ辻に出る。

真っ直ぐ行くと村杉温泉、左へ行くと出湯温泉で山につき当たる。右へ行くと水原町で汽車に乗れる。学校は村杉温泉寄りの角になる。

扨、登校時は上級生もいるので神妙にしているが、帰りみちはいじめて楽しむらしい。先ず学校を出て四ッ辻を過ぎ、賽の河原までは明るいので質問などをしてくる。賽の河原へさしかかると、急に先に行って私との距離をとる。そして動物の名前を言って、後ろから追いかけてくるようなことを言う。こっちは背中にとびつかれると思うのだ。思うだけで自分の背中を冷たいものが走るような気がして、怖いのである。彼女らにおくれているので、怪物から逃げることと彼女らに追いつこうとすることで、必死になって走る。特に怖かったのは小川の板の橋のところであった。神秘的なうす暗さと原始的な橋により、おどされなくても心理的に緊張する処である。それを彼女らは無意識に感じているのだと思う。

「たぬきが出た」

「きつねがうしろからきた」

大体動物の名前であったが、こっちはどれも見たことがないので怖いのである。ここであじわった怖さは今でもその情景を思い出す毎に、背筋が寒くなりそうな思いにかられる。しかし私も言葉が少しずつわかるようになり、おどしに馴れてきて後ろを見ると、何もいないことに気づき歩くようになった。そうなるまで随分日にちがかかったが、いじめがなければ悪い彼女らではない。仲良く遊び、外で遊べない冬は馬小屋の二階で遊んだものだった。

秋になった頃は学校、級友、村の子どもに馴れ、自分の思うような行動ができた。四教科は個別指導をしないかぎり進展は無理だった。家へ帰って勉強するどころか、家の暗さから逃れて字の中心の人の集まる処へ遊びにゆく。


ここで唯一人並みだったのは走ることだけ。走れば三年の中で一番か二番であった。一、二を争うのは小林和子である。彼女は出湯温泉の大石屋旅館のお嬢様だ。こっちは貧困家庭の居候。しかもはとこの間柄なのだ。そして同じ三年生、同じ級、走っては一、二を争う。どうしてはとこかというと、母の父斎藤幸一郎の姉が美人だったそうで、大石屋に請われて嫁入りした。その長男と母は（いとこ同士）であり、その長男の長女が和子様（村では様をつけてよんでいる）、母の長女が私なのだ。月とスッポン程にかけはなれた（はとこ）である。同じ級でも彼女の顔を見た記憶がない。

秋には村民運動会があるという。学校としては各学年から徒競争の選手を二名出さねばならない。当然この三年生から二名、小林和子と私が選ばれたが、どっちを先に走らせるかが先生方の間で問題になった。

昔の田舎の先生は家柄の良い子を大事にした。当然和子を先発にすることに賛成する教師が多かった。それに対し、唯一人石栗先生が私を推せんした。その話し合いで決着がつかず、和子と私を走らせてみることにした。二人で走った。私が勝った。それでも先生方は和子を推せんした。石栗先生は体育主任として私を推せんし正しい選択をなされたと正義感にもえておられたと思うが、世の中は甘くないのだ。

私は大変なことになったと思った。和子には強力な後援者がいる。和子のおかあさんは和子を大切に育てている。村民大会の選手になったとなれば大会に充分力を発揮できるよう、毎日の食事で体力作りをするだろう。家族全員協力は勿論、和子自身の精神高揚はいやが上にも高まったであろう。

片や私は野菜オンリー、卵や肉など夢の夢、会話のない家なので励ましの言葉などあろう筈もない。

こう考えた時、もう和子（大石屋一族）に負けていたのである。


二年間ろくに通学していない、三年生になる頃には丸々一年休み、体育祭など馴れていない。ましてや異郷の村民運動会とはどんなものかと思っていた。

会場は笹岡中学の校庭であった。大会をあらわす大きな看板に圧倒された。村中に響きそうな宣伝の曲の大音響に萎縮したようだ。つまり、大会馴れしていないので心をうばわれ、和子におくれをとる要因が増えるばかりであった。

私のこんな心の機微を石栗先生は気づかれる筈はなく、あのグランドで和子に勝った姿だけを思い浮かべておられた筈だ。大変お気のどくであった。

村には、笹岡小、出湯小、明倫（めいりん）小、大室（むろ）小の四校がある。その四校の最強者と自分が闘うのである。石栗先生がそれとなく、

「一生けん命走っている者にはそれが顔に出る」

とおっしゃったのが脳にこびりついていやに気にしていた。このようにいろいろの懸念を持って混沌とした頭で闘わねばならぬ状態であった。

最強の者が位置についた。ピストルが鳴った。夢中でスタートを切った。その時から自分の前を走る者の姿が目に入っていた。スタートがおくれてしまった。「大変」と思って全力で走った。顔はどんなふうにするのと思っているうちにもう終わってしまった。「あっけないなあ、もう終わっちゃったの」という思いだった。何とビリであった。

席へ帰る途中、石栗先生の顔を見た。全くひどく苦々しい顔をされていた。驚きと情け無さと恥ずかしさで心がいたみ、苦しさを聞いてくれる人もいないので本当に悲しかった。

石栗先生は他の先生にメンツが立たず、どんなに悔しい思いをされたことか、私のせいで。あのお顔は今でも忘れられない。

石栗先生とのご縁があって、十四年後にちょっとしたことがあったので書いてみることにした。

出湯小学校三年の時の劣等児が家庭状況の変化によって勉強できるようになり、高等女学校、師範を出て笹岡中学で一年勤務し、出湯小学校へ転勤になって新一年生の担任になっていた。そこへ、石栗先生のお坊ちゃまが入学してこられたのだ。私は小学一年生など全く未知の職域なので内心ビクビクしてはいた。

入学式がすみ、教室で教師が父兄に挨拶を始めようという時、石栗先生が前に出てこられて、転校するということを全父兄に聞こえる声で話されて出ていかれた。私は信用されていないことはわかっているが、目の前にいる父兄に不信感を与えたのは全く不快であった。十四年前の村民体育大会の不覚と転校が一緒になって脳に残っている。

「艶子昼寝しないか」

人の気配などなかったのに急に背後から声をかけられた。この家の四男だ。姿は見えない。

「夏でもないのに今頃どうして」

　暑くも涼しくもなく、柔らかく差し込んでいる日ざしにうっとりとして広縁の柵によりかかり、見るともなく庭に目をやっていた時だ。ここへ来て四、五ヵ月になるが、彼と一言も言葉を交わしたことはない。第一家中で一番背が高く見上げるほどの大男で、祖父や叔父達と顔立ちが違う。目と目の間が広く、「何だか間抜けな顔だな」と蔑視していた。この家の末っ子で十四歳、高等小学校を出たのかどうかわからない。家の者が田畑や山へ行くのに彼が野良着を着た姿を見たことはない。そうかといって家の中で姿を見たこともない。納戸にでも住んでいるのだろうかと思った。あまりにも唐突なのでいやだがどう返事していいか迷って下を向いていると、背中を押されて歩かされた。

　広い座敷を横切って小座敷へ入った。この家の一番奥の部屋で来客用だ。雨戸も障子も開け放たれているのに明るくない。縁側の外は大きな竹林で太陽の光は直接入らないためだ。客室なので奥の隅に衣桁がありその下に座布団が五枚重ねてある。

　そこまで押された。彼は終始後ろに位置して姿を見せない。

「ねれ」

　言われるままにねた。そこには座布団が二つ折りになっていた。

　小さい時から習慣づいてしまったのだが、怒られた時や気に入らないことに対しては、いつも黙り込んで返事をしないし反抗もしない。今も操り人形のように言われるままにねた。急にきつく横向きにされた。「えっ」と思うとすぐさま彼は私の後に横向きにねたようだ。と思っていたら私のパンツがぐっと下げられた。「エーッ」と思っている間に生温かいものが股間に入り込んできた。「ヒャーッ、気持ち悪い」と声に出しそうになったのをどうやって我慢したか覚えていないが、声を抑えて出さなかった。すぐパンツを元にもどしてさっさと行ってしまった。

背を押されてから彼が去っていくまでの間中、全然顔も姿も見せずやることをやると風のように去って行った。「何よ、何してんだよ」何がおきたかわからないまま陰気な小座敷に残された。

「昼寝って何なんだ」全く不思議な体験だ。生憎家の者は皆出払っている。いたとしても普段から会話が少なく心のうちをとけた者はいない。仕方がないので誰にも言わないことにした。

しかし、いつもうちにいる祖父がいないのはおかしいと思った。

夜になった。

居候の私に部屋はない。お客のように座敷に寝ているのだ。

昼間のことはすっかり忘れていた。

何と四男が、夜中に音もなく広縁の障子を開けて入ってきて、昼と同じことをするのだ。それ以来、まるで日常行事のように頻繁にやってくる。我慢できなくなって、朝のうちに祖父母の部屋のすぐ外の板の間に布団を持っていって置いた。祖父母が気づき自分の子を叱ってほしかった。しかし効果はなかった。何をしても駄目だとわかった時、どうしたらいいのかわからず一人で悲しみ暗い日々を送っていた。

或る晩何かのこびり（おやつ）があり、家族全員囲炉裏を囲んで食べていた。皆無言なので静かであった。その静寂(しじま)を破って、突然、「艶子、はらでっこなったのう、どれ、みんなに見せてくれや」と祖母。

とっさに普段のうっぷんが破裂した。上衣をまくり、息をいっぱい吸って腹に送りこみ、精いっぱい膨らませてみせた。「お前の子の義男のせいだぞ」と言いたい気持ちをこめて。「ほんにおっきょなったのう、今にややこ生まれるわや、どうしょばのう」と祖母。その言葉にがっかりした。「なんであたしにだけいやなことを言うのよ」いくら馬鹿でもあまりの悔しさに大声で泣きたかった。それをぐっと我慢した。

そんなことがあっても、まだ夜通いは休みなしだ。

今思うに、あれは祖母の計略かもしれない。早く食い扶持をへらしたかったのでは、或いは母に対する怒りかもしれない。それにしても強姦とは余りにもひどい人権蹂躙だ。その当時身体的にどのような被害を受けたかわからないが、精神的には取りかえしのできない被害をうけた。

年をとるに従い、「自分は女としての価値がない」という劣等感が年年強くなり、私から女を剝ぎ取った男という生物を嫌いになった。骨の髄から嫌いといって憚らない。それでいて、男の前に出ると羞恥心が強烈に顔を出す。両極端の心情を持っている人間で、当然精神の安定を欠く。勿論自己に対する自信などもない。以上の状態から、自分の能力を充分に使いきるような活力を出し惜しみし、煮えきらない粛々たる人生を過ごしてきた。人間として全く勿体ない生き方だ。心から楽しいと思える筈がない。今回の手記により少し目が覚めてきた。能力の有無に関係なく、決めた目標に向かって一途にやってやり通すことだ。

小学四、五年

満座の中で、祖母に陵辱事件を暴露されて二、三日たった日、急に上野の叔父（祖父幸一郎の二男）がやってきた。

「艶子、東京へ行くよ」

「すぐ行くから仕度して」

いつも急である。その上言葉が少ない。「今度は東京か」どこへ行ってもいいことなどなかったから、「またいくのか」位にしか思えなかった。その中でも実家は一番ひどい処だった。

昭和十二年頃、実家から汽車の通る水原駅までバスなどなく、タクシーで来たらしい。そのタクシーが待っている気配だ。せかされるまま、ランドセル一つ持って急いで乗った。

汽車は長時間かかるので、くる時と同じで起こされると上野である。

いつも叔父は、自分の勤めている店に連れてゆく。下着のシャツからパンツは真っ白いものになり、洋服も気に入るものを着せてもらった。頃は三月末、まだ寒く、オーバーが必要であった。私に選ばせてくれたので、コートは浅緑色で茶褐色の毛皮が首の周りについたのに決めた。これはすっかり気に入ってしまい、四・五・六年の三年間着てもまだ捨てたくなかった。しかし、ランドセルのベルトで、脇は擦り切れていた。それでも着たかった。

扨、なぜ急に東京行きかと思った。こびりの夜、初めて私の強姦を知ったのだと思う茂一郎叔父（幸一郎の長男、跡取り）が、母に通報してくれたのだと思う。それでやっとしつっこい義男から逃れることができたのだろう。

二男の上野の叔父はいつも母の代役である。出費までして、よく母につくしていた。母はすこし人情味に欠けた人だと思っている。私はこの叔父にも本当にお世話になったと悔恨の情一入である。

東京は池袋であった。池袋駅に近い住宅街だ。

預かってくれる人は、母の叔父（母の母の弟）で大工の棟梁だそうである。棟梁とは、大工さんをいっぱい抱えて大きい家に住んでいるのだろうと思った。

連れていかれた処は池袋駅に近く、大通りから細い道に入るとすぐの小ぢんまりした家であった。

玄関の戸を開けたら、もうそこに、にこにこした老人がいた。

「よう来たな、さ、上がって上がって」

その温かい笑顔と優しい言葉にほっとした。しかし、その隣にいたおばさんは、全く無表情で気になった。

座敷に上がると、挨拶をすませた叔父はすぐ帰ってしまった。いくら親戚といっても初対面である。又、置いてきぼりをくわされた。でも、棟梁はとても優しい。生まれてから初めてこんなに優しい人に出会った。

もう、実家とは生活様式がすっかり変わった。一つの食卓にすべて並べて、好きなものを好きなだけ取って食べる。

食事時、棟梁はいつも言う。

「たんと食えよ」

「ほれ、これうまいぞ、食べてみな」

と言って、私のご飯の上にのせてくれる。

こんなことをしてもらうのは初めてだ。嬉しかった。

朝は大小の弁当が並ぶ。大きい方が棟梁、小さいのが私の分。味噌漬一、二切れから一遍にご馳走になった。

その頃、洗たくは大だらいに水を汲んで、手でもみ洗いしたのだから、私の分がふえたのは、おばさんにとって負担であったろう。私に声をかけたことはあまりなかった。小さい時から冷淡な人間に囲まれて生きてきたので、余り気にならなかった。三度のご飯が食べられて安心して寝られることは、生まれてからこの年（八歳）になって初めてのことである。早速転入の手続きをしてくれた。

おばさんに連れられて、池袋第七小学校へ行った。田舎の一学年一級しかない学校から来た私は、この学校の大きくてきれいなことにびっくりした。今でも、広い敷地に立っていたピンクがかった白の建物が浮かんでくる。そこの四年生である。

担任の先生は年をとられた男の方だった。今まで女の先生にばかり受け持たれていたので強烈な印象をうけた。しかし年をとられているので、教頭先生がこの級の担任をされているのではないかと思っていた。そして、やさしい先生ということが強く心に残っている。

学校から帰ると机がなく、私の居場所もない。この家は八帖と三帖しかない。おばさんは元気がよくて、手を上や前に上げたり腰を回したり、足ぶみしたりして一生けん命体を動かしていた。又、何を作っているかわからないが、両手で布を持ち、左右を交互に上下することにより縫われてゆく。終始この動作ではないが、この動作が私の心を捉えた。左右をシュッシュッと何回も動かし、右手に手繰った布が一杯になると、右手にある針を左手で押さえ、右手で布を右に扱くと縫えていくのである。左右の手の上下、布のシュッという扱き、リズミカルで見ていて本当に気持ちがいい。それは平縫いの時だけであるが……。することがみつからなかったこともあるが、おばさんが針仕事をする時は大体側について見ている。

　すると、或る日、

「艶ちゃんもやってみるか」

　と言われた。

「うん」

　と喜んで返事したらしい。すると手拭いを持ってきて、巾を縦半分に折って細長くした。そして、折って輪になっている方を上にして、その上の方を両手で二十センチメートル内外離して持ち、おばさんのやっているように、左右の手を交互に上下させるのである。針も糸もなく簡単なようで、おばさんのようにリズミカルにはいかなかった。おばさんが針仕事をしている時は大体一緒にやった。つまり運針である。単純な動作であるが、なかなかうまくなれなかったが私は飽きなかった。いつものように夢中で手を動かしていた時、

「艶ちゃん上手になったよ」

　とおばさんに言われてとても嬉しかった。それからはますます拍車がかかった。

　とうとう目的が叶った。私の指の長さに合った木綿の縫い針に木綿の赤い糸を通し、手拭いを縫うのである。これこそ容易ではない。しかし、そうなればなるほどやる気が出て、おばさんに褒めてもらおうと頑張った。

三月の末、四年生最後の父兄会があった。おばさんが出てくれた。個別懇談では、先生に相対しておばさんと私は横に並んだ。おばさんは背を少し丸くして、前かがみに近い格好をしていた。

その時の先生の言葉は一生忘れられないものとなった。

「裁縫は成績が良いです」（今で言う運針のことである。それだけしか習っていない）

「裁縫はとても上手です。次に体育もいいのですが、その他の教科、国語、算数が特に悪くて、この教科は努力が必要です」

おばさんは背を更に丸くして畏まって聞いていた。「やっぱりそんなに悪いのか」とがっかりし、おばさんに恥ずかしかった。

東京にいた頃は引っ越しばかりしていたので、一年と二年は休みがちで三年になったら丸一年休んだのだ。その上、母の実家に預けられて田舎の三年に転入したが、当時の学力は一年生より劣っていただろう。三年の授業を受ける力なく個別指導はなく、まして家族の助力などさらさらないまま、池袋へきて四年の教科を受け入れられる筈がない。落ちこぼれはいつまでも落ちこぼれで卒業というわけだ。

棟梁には私の過去は何一つ話していないのだ。話をしていたら預かってくれなかっただろう。母はまるで犬か猫のように、話もしないで預けるとは無責任だ。

棟梁、いやおばさん共どもだまされたと思ったか、がっかりしたことはいなめない。

父兄会から何日もたたない日の夜、上野の叔父がやってきた。

「艶子、かあちゃんとこへ行くよ」

おじさんとおばさんとの別れは、言葉少なく寂しいものであった。

しかし、ここでは人並みに食べられ、運針を教えてもらい、夫婦合作のセーターを貰った。心のこもったセーター、宝物であった。

子どもなりに、二人の老人にすまないという気がして平静を欠いていたという記憶がある。
十二、三年後、教員となって、丁度棟梁夫婦も水原へ移転していたので再会することができた。棟梁はひどく感激して泣いていたようだった。
今度の住家（すみか）は新宿。その頃よく流行（はや）った下宿屋の四帖半である。しかも、借主は大学生で、母は押し掛け女房のようにして同棲していた。

その頃、四帖半の下宿は人気があったらしい。

一九一八年に「大学令」が制定され、私立や公立の大学が認められた。従って大学生の数は一挙に増加したという。大正時代の初め頃、一九一五年に約一万人だったのが、昭和十年一九三五年頃には七万人を突破したそうである。地方から出てきた学生のために、当然下宿屋が必要になる。四帖半という広さと価格の面で手頃であったろう。その手頃だったところへ母が入り込んで、不自由をさせたであろうに、又、邪魔者が一匹入り込むのである。大学生はよく許したものだ。

この下宿屋は通りから正面を見ると、切妻造りで重々しく風格があった。間口を広くとり、玄関に入ると巾の広い階段がかまえ、ここの主人の思い入れを今になって感じている。壁一つ境にして右手が床屋になっている。すぐ近くに銭湯があるのでこの下宿屋は住みやすい。

この下宿屋の主人は大連から引き揚げてきたといわれている初老の女性である。元、花魁（おいらん）だったとあからさまに伝わっている。

新潟から連れ出し池袋からここ新宿へ連れてきてくれた叔父は、母に私を預けるとすぐ帰っていった。母も私がどうして下宿へ入らねばならないのか教えてくれない。

ただ、

「お前はおれの姪だと言ってあるから『おばさん』と呼べ」

といわれただけだった。「なんでだろう」と思ったが、理由を聞く時間も気もなかった。最近になって推察してみたら、彼と初めて会った時、相当さばを読んで若く言ったらしい。その経緯から、私が姪にならざるを得なかったのだろう。しかし、一目母と私を一緒に見たら、大学生には親子とわかった筈だろう。何とも恥ずかしい母の行為であった。

その時は母と大学生との間柄を知らず、ただ夢中で「ここに入れてもらいたい」の一念で母の後（あと）について部屋へ入った。

入った瞬間、柱に掛けられた角ばった帽子が目に入った。壁に押しつけて座卓が一つ、その横に白皙の顔に黒いウエリントンタイプの眼鏡をかけた男が座っていた。見た途端ドキッとした。すごくインテリくさく、生まれてこのかた初めて見る人種だと思った。それ以来、相当年をとり色気がなくなるまで、ウエリントンの眼鏡をかけた男を見るとドキッとした。

目の前のウエリントンにドキッとして平静を失い、挨拶もしなかったようだ。

自分は邪魔者だと思い、廊下側の障子と押入れでできた三角地点で居を構えた。

移転した翌朝、三人で食事をした。狭い調理場で奮発して、ご飯や味噌汁まで作ったのだろうに、三人がだまりこくって食べたので、気まずいものになってしまった。何をどうやって食べたのだろう。そこに居たたまれないのとトイレの用事もでき、食後すぐ席を立ったら、大学生が、

「ああいう子は…」

と何か批判していたのが心にぐさっときた。それ以来大学生を敵視するのだった。

母はそれでも転校の手続きをしてくれた。新宿区の天神小学校の五年生である。

担任の内海先生は「ひどい奴が来たな」と思われたことだろう。

池袋第七小学校より小さく、校舎は古色豊かな木造だった。校門を入った右手に「奉安殿」があり、毎月曜日その方向にむかって最敬礼しているのが珍しかった。

朝礼が終わると、級毎に行進して教室に向かう。内海先生は四十歳位だったろうか、行進する級の一人一人を注視している。私は成績は悪いし、田舎の十四歳の叔父に陵辱された、子どもでなんかない汚らわしい人間と思っているので、注視されると身の縮む思いで辛かった。

池袋もそうだったが、ここでも友達はできなかった。しかし、放課後すぐ下宿へ帰る気はなかった。読書三昧の大学生と絶対口をきかないと決めたから。暗くなり、帰りが危なくなりそうになるまで外にいることにした。

その日も一人で、級友たちのフットベースボールを見ていた。

ふと人の気配に気付き振り向くと、ちぢれっ毛の背の高いおねえさんが、此方を見てにこにこしている。ボーッとしていたら近寄って肩を組んできた。一人で淋しかったので、喜んで相手のなすがままにしてゲームを見ていた。

と、突然、彼女の上体が後へ仰け反る形になった。後に重心がいってしまった私は、棒状になって、もろにアスファルトに頭から倒れ込んでしまった。火花が散った。全身打撲である。そして後頭部を火花が出るほど強く打ったのだ。火花は本当にでるのだ。

　起き上がれないでいると、

「大じょうぶか」

「大じょうぶか」

と、口々に言って、上級生の男の子が駈け寄り起こしてくれた。

　起き上がれない時、かの、ちぢれ毛の彼女が高い所から私を見下してにやにやしている。その顔がにやにやなのか妖怪なのか、今思い出すと二つが重なって一つになっているような不気味な気がする。その上、人が転んで痛がっているのに、にやにやする人間なんているのだろうか。ましてやにやにやしている本人の所為なのに。こっちは大勢集まってきて助けてもらっているうちに、彼女の姿は消えていた。その日以来彼女を見たことはない。

　扨、私が立てたらみんないなくなってしまった。校舎を見たら、用務員の出入り口から教務室へ続く廊下が見えたが、ひっそりと静まりかえっていた。私を寄せ付けない気を感じた。呼び寄せる家族はいない。一人でどうやって下宿へ帰り、どうやって食事をし、どうやって寝たのだろう。

　母に言っても同情などしてくれないと思い、言わなかったが、言って反応を見るべきだったかもしれない。

その頃は居候を始めて余り月日が経っていない。大学生と母で仲睦まじく暮らしていた処へ、邪魔者が一匹入り込んで、さぞかし不快であっただろう。幼少の頃は何遍も私を傷つけてきた母なら、この際殺してもかまわない位のことを思っているだろうとの推測は、「当たらずと雖も遠からず」といったところだ。二人で共謀したのかもしれない。

昨今になってこんな恐ろしいことを思っているが、そうさせたのはあの妖怪のような彼女の顔である。更に外部の者が校内に入っていたこと、私を倒し痛がっている私をわらい、「ごめん」の一言も言わず、姿を消したのは普通の人間ではなかったとどうしても思ってしまう。

グランドに倒れてから、急に級の成績上位の人たちが寄ってきた。嬉しかった。

学校の前の天神様でよく遊んだ。

天満天宮の境内は広く、起伏のある土地に大きな木も多く、飽きることなくよく遊んだ。その中で特に「うま」があったというか、成績一番らしい江口さんと親しくなった。彼女は走って一番、習字も上手だった。

習字の時間、私がふざけてすごく薄い色の清書を出した。江口さんが真似て薄い色にした。

「斎藤何だ、この墨の色は」と言って私の清書を黒板に貼った。先生は、

「江口もなんでこんなことをしたんだ」と言って、江口さんのものも黒板に貼った。江口さんが舌を出したので私がにやっとした。二人の一連の動作を見ていた先生は、「二人とも真面目にやれ」

その後、江口さんはいつの間にやらそっと離れていった。

先生はちゃんと知っている。悪の道へ誘ったのは私であると。淋しかった。先生の信用もないのだなと悟った。

それからは少し真面目に勉強したようである。でも、下宿では机がないし、口をきかない大学生とは同室する時間を、極力少なくするため教科書を開かない。

夏も過ぎ、いよいよ秋の運動会である。小さい学校のためか、全校を赤と白に分け競ったようだった。

リレーの選手になると思っていたのに、競歩の選手になった。「腰をひねったような変な格好で走るなんていやだ」と、不満だった。ところが、練習に入ると走るより難しい。必ず片方の足が地についていなければならない。うっかりすると、走るかたちになって両足が地面から離れる瞬間が生じてしまう。そうならないためには、ひどく腰がしっかりしていないと難しい。そして辛い。

そのうちに、反則にならないような自信をもてるようになってきた。

何故（なぜ）だか知らないが、全校に名が知られていた。

いよいよ運動会当日である。私の顔を見て、
「斎藤がんばれよ」
という男子がいた。
スタートだ。スタートラインに立ったら、
「斎藤がんばれ」「斎藤がんばれ」学校が割れんばかりの声援である。
歩いた。片足を地につけておくのは本当に辛い。我慢した。声援で沸き返っている。
コースすれすれに立ち、前にのめりそうになって必死な形相で叫んでいる男子を見て、
勇気をもらった。
もう、これ以上腰や足を使えない、限界だというところまで使って辛さを我慢した。
結果は全然記憶にない。どうしてなのか、努力したのなら覚えておくべきだ。
でも、天神の森まで届いたであろう声援と、男子の応援のしぐさが忘れられない。
人に応援されるということは、本当に嬉しく新しい力が湧いてくるものだと知った。
こんな貴重な経験を十歳位の子どもの時に頂けたことに、深く感謝している。

今この手記を書いてみて自分の足の丈夫さの原点の一つは、競歩ではないかと気付
いたので一言つけくわえてみる。
天神小時代もよく走って遊んだ。女学校時代は月に一回の歩こう会（これが一日中

歩くので相当な距離だったと思っている)、徒歩での通学、勤労動員による月島までの通勤、みな足の鍛錬になった。そこでこそ富士の須走をかけおりることができたのであろう。走りおりる時は痛快であった。富士をおりる時は須走だと短時間におりられて便利だと思っていた。全くおそろしいことを思っていたものだ。

三学期頃になると、外は寒いということもあるが、六年生になることを自覚してか、外で遊ぶ級友がいなくなった。それでも大学生の部屋にいられず、女の子がよく集まるおじさんの部屋や、おにいさんのいる床屋等へ遊ぼうと思って行ってみたが、両方とも風紀が悪いので行くことを止め、やっぱり外にいるしかなかった。

放課後みんなが帰ってから暗くなり、街灯の下で所在なく立っている時、時々大石さんがついていてくれることがあった。度々そんなことがあって、或る日、

「うちへおいでよ」

と、大石さんが言ってくれた。

「うん」

この言葉を待っていたのだ。卑しいけれど。

大石さんの床屋さんは、下宿と反対の花園まんじゅうの方であり、帰り道が遠くなるのも気にしないでついて行った。

大石さんは思いやりのある人だったが、おかあさんもやさしく、夜なのに家の中で遊ばせてくれた。一日中走り回ったので何をすることもなく、二人で静かにすごした。そのうち、「お客さんが帰ったから、ごはんだからさよならしよう」

と言われてやっと帰るのだった。

下宿へ帰るには、花園まんじゅうの前から出ている巾の広い坂を上(のぼ)って、医専の少し先で左に入ると、行き止まりの小路である。突き当たりに銭湯があり、左に下宿屋と床屋がある。利便性のある下宿屋である。

部屋へ帰ると、いつも大学生は壁につけた机に向かって読書三昧で、私は挨拶したことがないが、彼も全然振り向かず、石像のように動かない。母が用意していったであろう夕食を、大学生の背後でこそこそと食べたのだろうが、その記憶は全然ないのである。その後勉強もせず、すぐ寝たのだろう。

朝は母と大学生が寝ているので、音を立てないようにして仕度し登校である。下宿へ帰ると一言も発しないですごす。無言は辛いから、下宿にいる時間を極力短くするようにしていた。

そんな生活の中で、忘れられない貴重なことがあった。生まれてこの方、温かさを感じなかった母が、珍しく買い物に誘ってくれたのである。

肩を並べて歩いた。店屋を次々と見ていったら、魚屋の鮭の切り身に目が留まった、二人同時に。その切り身のピンクの美しいこと、そして値段が手頃なこと、三切十銭であった。

「ああ、食べたいなあ、かあちゃん買わないかなあ、買ってよ」と心の中。二人で釘づけのように暫く立ち止まっていたが、私の願いは空しく母は歩き出した。今考えると、全く致し方ないのだ。狭い炊事場で何台もないガスコンロでは、ゆっくり鮭など焼いていられないのだ。その頃の私にはそこまで考えが至らず、食べ損ねた恨みだけが強く残った。どういうわけか、今は魚といえば即鮭である。

下宿屋生活で、今でも忘れられないことがもう一つある。映画の一シーンのように浮かんでくる。

珍しく母から五銭もらった時のことだ。

この袋小路の入口の角に大きな菓子屋がある。いろいろなお菓子がガラスつきの蓋の箱に入っていて、その箱が店中に並んでいる。その中の糸かりんとうを、いつか買って食べたいと思っていた。

恐るおそる、

「このかりんとう、三銭でちょうだい」

と言うと、なぜか袋に入れないで、私の手の平に山ほどのせてくれた。「エー、こんなに沢山」と嬉しく有頂天になってしまった。でも、その先がもんだいだ。落ちついてゆったりとした気分で味わえる所がない。どこでどうやって食べたか全く記憶もない。

大体天神様がすきだったらしいから、その木かげにでも腰かけて楽しんで食べただろうと思われる。

記述は前後したが、天神小へ転校した一九三八年（昭和十三年）四月、年度当初の身体検査を受けた。その結果、

「左の目の眼球に傷があるので専門医に診察してもらって下さい」

という連絡をもらった。

今考えるにこの傷は赤ん坊の時にできたらしいのだ。とすれば一年生の時からあった筈で、小学五年になってやっと見つけたということは、天神小学校の校医さんはすばらしい実力者だと驚いた。

扨、今まで私に構ってくれなかった母が、何を思ったのか知らぬが、近くにある女子医大の附属病院へ連れて行った。診断の結果は、「左眼に傷があり、視力は〇・四で治りません」

と言われた。九十三歳の今も〇・四である。

帰り道に母が問わず語りに、

「お前が小さい時、おれの指がぶつかったことがあった」と。

「ふうん」と聞き流していたが、心の奥深く染み込んでいった。そして長い人生の中で何度も思い出されるのだが、その度に理にかなっていないという考えは深まってゆくのだ。そして、故意でなければ深いところに傷はできないという結論にいたるのである。又あえて言えば、左手の小指の第一関節が内側に曲がったまま等に、幼少の頃の冷たい態度が疑念に拍車をかける。長い年月の末、「母は私を殺したいほど憎んでいたのだ」という確信にいたるのである。

しかし、その頃は母が頼りであった。

母の働くカフェーへ行ってみた。下宿屋を出て広い道路に突き当たり、そのまま横断して商店街をつき進んでいくと、小さい飲み屋の並んだ通りに入る。その一角に二階建てで下がカフェーのうちがあった。そこで母が働いていた。

勝手口から中へ入っていった。何でもごちゃごちゃ置かれ不潔そうなものが多く見られ、あきれてしまった。そこに子どもがいたが無視された。面白くないので四谷通りへ出て大宗寺で遊んだ。寺であるから遊ぶ道具があろう筈がない。しかし、大宗寺はなぜか好きであった。

冬、大宗寺に見せ物小屋がたち、露店が並び賑やかだ。一年に一回だったろうか、とても楽しみにしていたものだ。

母にわずかばかりの小遣いをもらい、少し金持ちになった気分で大宗寺に乗り込んでいった。二、三ある見せ物の中から（ろくろっ首）を選んだ。自慢の真っ赤な丸い蟇口から入場料を出して払い、蟇口をオーバーの右ポケットに差し込んだ。ポケットに蓋はなかった。その時の服装は黄緑色のオーバーに茶色のうさぎの毛皮が首についていた。それに真っ赤な蟇口、少し目立ったかもしれない。

「なーんだ、看板より少しがっかりだなー」と思いながら外へ出て、何気なくポケットに手をやったら蟇口がない。慌ててそこらを探してみたが落ちてはいない。「やられた」と気づいたが後のまつりである。随分がっかりしたので今も忘れられない。でも、蓋のないポケットの使い方を考えるべきだ。自分はあの頃からおっちょこちょいだったのかもしれない。


目が覚めた。「あれ、障子がない」周りは板ばかりだ。板に押しつけた机の上に立っているスタンドの明かりだけが頼り。

四方板囲いで二帖位の広さらしい。眠っている間に下宿屋から運ばれたのだ。なぜこんな処へ運ばれたのかわからず気が動転し、目覚めに気づいて入ってきた見知らぬおばさんが、何をしゃべっているのか頭に入らなかった。しかし、いつも背を向けている大学生がいるので気持ちが落ちついた。すると、おばさんがにこにこしているのに気づいた。

「おかあさんは今いないけどすぐ逢えるからね。それまでここにいようね」

「ごはんは坂の上の食堂で食べられるように話してあるから、一人で食べに行ってね」

と言うと、板と板の間の隙間から出ていった。改めて部屋を見ると、周りは板を寄せ集めて囲いを作ったらしい。二人座ると机があるので余りゆとりがない。加えて、一度も口をきいたことのない大学生と四六時中一緒にいなければならない。友だちは誰も外へ出てこない。春休み中ではあるが天候も良くなかった。

　朝六時頃教えられた食堂へ向かった。まだ夜が明けきれないのか天気が良くないのか、うす暗く寒ざむとした気分だった。その上、未経験の食堂にふいに不安を覚え、複雑な心境で食堂への坂道を登った。

　大衆食堂だった。広くて床はきれいに洗われてぬれていた。それは寒い気分になった。色ガラスを使ったりして華やかにしていたが、広い空間にストーブ一つで寒かった。

　客は作業服を着たおじさんたちばかりで、駆け込むようにして入ってくると、元気なおばさんが、

「いらっしゃい」

と、大声で声をかける。

注文の品をさっともらい、掻き込むようにして食べ、お茶も口に含んだ位にして席を立ってゆく。動作はきびきびしていて速い。食事も仕事のうちと思わせる真剣さと早さで、春とは言え寒さの厳しい街へ飛び出してゆく。その姿を見ると辛くなる。

初めおじさんばかりの店に女の子が一人で食べにゆく等ということは、とても恥ずかしいことだと思っていた。おじさん達は真剣でまわり等見ていない。

「こんなに真剣に食事をしている人がいるんだなあ」

「こんなに早くから働きに行かねばならない人もいるんだなあ」

強く印象に残る光景だった。

無言の同居生活に慣れてきた頃この囲いの生活とも別れる時がきた。

夜が明けきれないような早朝に通った寒ざむとした大衆食堂、大学生に母の身代金が渡されるまでの板がこいの人質（ひとじち）生活、無言で過ごした大学生との何日か、皆私にとって貴重な経験であった。

「艶ちゃん長いこと待たせたね。よく我慢したよ、おかあさんに逢えるからこれから行こうね」

突然出てきたおばさんのあとに続いた。

小学六年

扨、新宿からどうやって行ったか記憶がないが、市電を降りると、目の前にコンクリートの立派な橋があった。おばさんの後ろについて、橋の中間点から行く手を見た時、「わあ、すごくきれい。お祭りでもあるのかな」と思った。

橋から幅の広い道路が真っ直ぐ続き、先は暗くなっている。その道路の両側には幅の広い植え込みがあり、黄色の竹垣が囲っている。その中には、夾竹桃が、また、赤い枠の雪洞が紅の支柱にのせられて何本も立ち、明るい中に、一種独特の華やかな美しさを出していた。「へえ、ここはどういう処なの、どうしてこういう処へ急に来たの」と思った。

おばさんは橋を渡りきり、広いメインの道路をいくのかと思ったら、垣根の外側のうす暗い処を歩いている。少し行くと右へ曲がった。急いで後を追い右へ曲がると、全く変わった建物の入口の前に出た。

間口が広くて戸が一枚もなく、その間口一杯に幅の広いのれんが下がり、「中住吉」と大きく染めぬいてある。店の中央より少し傍寄りに、番台に似たものがあって、おじさんが入っているというように、ひどく変わったことの多い処で、別世界へ迷い込んだというのはこんなことなのかなと思い、頭がおかしくなるような気がした。

おばさんはのれんをくぐってさっさと中へ入っていった。続いて潜ると上がり框(がまち)があり、もう一段上がるとそこは廊下であった。廊下をおくに向かって一、二歩進んだら、右が女の人のいる部屋で、四、五人が一斉に目を見開いて私を見ている。

おばさんは、反対側の帳場という部屋に入った。続いて入り、おばさんと並んで座った。

「こんど、このおばさんのお世話になるんだから、ごあいさつしなさい」

と言われ、

「よろしくおねがいします」

と言って、下を向いていた頭を上げ、おばさんという人の顔を見た。途端にギョッとした。帳場の前にどっかりと座っているその人は、体格がどっしりとし、大きな四角っぽい顔で、鼻はわし鼻、目が細くて、何をどのように見ているのか見当がつかないその目で、頭を上げた私を横目でジロッと見た時、またビクッとした。もう怖くて、どうしていいかわからないでいると、

「艶ちゃん元気でね」

と急に言ったかとみると、ここのおばさんとの会話もないようなようすで、帰って

していた。

いった。「え、もう帰るの、どうして」と一瞬頭が真っ白になったらしく、ぼうっと

「お前の寝るとこはここだよ」

と、急に出てきた年とった女中に言われて、わけもろくにわからずについていくと、廊下へ出て二、三歩あるいた三帖の部屋だった。女たちのいる部屋の隣で、仕切りの戸がない。私の布団は女たちから、廊下を通る客からも丸見えである。その当時は言われるままロボットのように動いていたが、今思うと人権蹂躙である。小さい時からそうだった。全く哀れなものである。

三帖のこの部屋に電灯はなく、隣との境の鴨居から裸電球が下がっているだけだ。廊下側にも障子などなく、客から見られても致し方ない状態。ここのおばさんからは、挨拶後何の指示もない。「私はこの三帖で暮らすことになるのだ」と悟った。

今度は、目を見開いて私を見ていた女の人たちをじっくり見る側になる。

チャンバラ映画に出てくるような日本髪に結い、白く厚化粧し、長襦袢に前結びの三尺、その上に襠（うちかけ）を羽織って座っている。一人下を向いたままの人がいた。何と、成れの果ての母の姿であった。

久し振りに逢えたのに私を見向きもしない。とても声をかけられる雰囲気ではないので、そのままにしておいた。他人のようなふりは長い間続いた。同じ屋根の下にい

るのに、口一つきけないということは辛いものだ。

母だけではない。こわいおばさん、花魁、年とった女中、誰一人として会話のない人たちだ。

扨、母の職業は、上質だったら花魁、稼ぎが低ければ女郎というらしい。こんな小さな貸座敷業で働く者は、金持ちの客がきて豪遊などということはないであろうから、稼ぎが少なく女郎である。


東京市深川区にあるこの洲崎は遊郭だ。郭とも言う。

幅の広い道路の両側にひしめいて立ち並んでいる遊女屋は、大小様ざまであるが、中住吉のような小さな店は少なく、楼閣のように大きいところが数多くある。店によっては日中でも、時代劇に出てくるような賑やかさに、「今でも昔と同じ遊び方をするお大尽がいるんだなあ」（昭和十四年頃）と、驚いた。

ここは、遊女が逃げられない地形になっている。すばらしい郭である。広い道路の先は海なのであった。そして、西も東も川とか海であり、四方水に囲まれているというところである。一旦ここへ身売りされたら逃げるすべがなく、借金がなくなるまで出られないという恐ろしい場所だ。

この郭には目だたぬが、床屋、魚屋、料理屋、荒物屋等あり、生活に必要なものは手に入るようになっている。混然一体となって平和な一つの町をつくっている。この郭の中の人は職業に対する貴賤の感覚はないようだ。

ところで、中住吉は最低に小さい店である。なんでも、住吉楼で働いていたかまさん（この中住吉の楼主）が、のれんを分けてもらって「中住吉」という店を出した。

小さい店に身売りした母は女郎である。

私は女郎の子になったのだ。これからどんなことが私にぶつかってくるのか、その当時は知る由(よし)もなかった。

翌朝、

「朝だよ、起きな」

と、女中に言われて起きた。彼女に学校など関係ない。この家の都合にあわせねばならない。

三帖から廊下へ出ると、すぐ右がトイレ、その隣のうす暗いところが洗面所。両方共お客さんと家族共用であるから大変だ。二階にないのである。

顔を洗うと朝ごはん。味噌汁にたくわん。でも大衆食堂へいかず、家の中で食べられるのは有難い。

片や、母はどうして身売りすることになったのだろう。自分からか、大学生に言われたからか、二人の協議からか知らぬが、三百五十円の身(み)の代金(しろきん)が、大学生に渡る予定であった。

身の代金は保証人の実家の叔父（母のすぐ下の弟）に渡された。叔父から大学生に渡す筈であったのが、渡さず新潟へ帰り、大学生が何遍催促しても返さなかったそうだ。その時に私が人質として、板囲いの中へ入れられたのだ。いくら手を尽くしても無駄とわかった時、私は解き放たれたのだ。つまり、私を洲崎まで送りとどけてくれたのだった。

大学生には母が押し掛け、私が居候として割り込み、挙句の果てに、約束を反故にして金（大金）を持ち逃げした叔父と、斎藤一族は何とまあ恥しらずな人間ばかりなのだろう。渡辺直さんに申し訳ないことをしたと思い、心よりお詫びしたい気持ちで一杯だ。

昭和十四年（一九三九年）三月頃のことだった。

それから三ヵ月経った。若葉の美しい穏やかな日に、一通の封書を母が私に手渡した。差出人を見ると、「渡辺直」と書いてある。大学生だ。

九州（生国）で結婚し、渡満して暮らしていると書いてあった。金を手にできなかったことの繰り言など一言もなく、新しい生活を楽しんでいる様子の窺える清々しい文面であった。九州人て、太っ腹ですばらしいのだなと思った。

今度通える学校は、東京市深川区東陽町にあった、「深川区立東陽小学校」という。池袋第七小学校と同じ大きい学校で、天神小学校から来た者としては、少々物珍しかった。つまり、六学年でも何級もあり、全体を知る術もないまま、同じ級の者と一年間楽しく過ごさせてもらった。

池袋や天神小と違ってすぐ級友と近づき、半端でない遊びにのめっていった。学校での遊びであるから鉄棒とか肋木を利用することが多く、体力向上の一助にもなった。日中の運動は夜の勉学の糧になった。

廊下の延長の三帖にちゃぶ台を出し、鴨居の裸電球の光をたよりに学習に励んだ。初めのうちは、「ちょっと、そこのおにいさん、ちょっとよってらっしゃいよ、いい娘がいるよ」「ちょっとちょっと」等という声が筒抜けに耳に入り、バタバタという分厚い女郎の草履の音が思考を中断する。毎夜のことであるが、日数を経るに従い、音は耳に入るが、脳には届きにくくなり、学習意欲が旺盛になったようである。

自分は通知表を全然意に介していなかったのだが、かまさんが帳場で勉強していいと言ってくれたので、成績が良くなったからかなと思い、かまさんの後の狭いスペースにちゃぶ台を出して、学習に励んだ。三帖より雑音が小さくなり、気分が大分落ちつけた。

学校では、成績上位の六人位が私を仲間にしてくれていた。

今思うに、東陽町辺りの気質は、池袋や新宿より開放的と感じられた。

日曜、祭日、学友達と遊ばない日は、二階で勉強した。

女郎は部屋を与えられ、茶箪笥に茶道具一式に茶菓子などを用意しておく。時どき朝茶をお客に出してやるためだ。

日中彼女らは夕方まで一室に雑魚寝である。楼主が楽して逃亡を防ぐ仕組みだと思った。

私はどの部屋を使ってもかまさんは知らん顔。女郎も雑魚寝しているのでわからない。

いつも、通りに面した日光のふんだんに入る、（音丸さん）の部屋で勉強することにした。そこにいると全然飽きない。時どき、店の前の道路から、近所の子の叫び声が耳に入ってくるが、「こんな狭い所で遊んでるんだ」と思い、此所へ来た当時すぐに友だちになったのに、親たちが花魁の子だから遊ぶなと言ったらしく、

「艶ちゃんはおいらんの子だって、だから遊んじゃだめだって」

と前の床屋の子が、自分の店の前で大声を出して叫んでいた。それ以来、近所の大人も子どもも、私と顔をあわせないようになったことを思い出した。別に悪いことなどしていないのにと、悔しいやら淋しい思いをしたことが頭を過る。しかし今は、彼らに対して優越感を持っていた。

扨、此所（ここ）の生活に馴れてきたら、母の生活は「どうなっているんだろう」と、気になってきた。

夜は六帖間で客を待ち、仕事に入ると二階と一階の間を厚底草履で、バタバタと音をたてて往復する。

朝は客によるが、大体早く帰る。

みんな揃ったら食事。次は休むひまなく、全室掃除である。

座敷箒で二階客室全部と階段を掃き、木の部分はすべて雑巾で拭く。だから床などひかっていた。それから、やっと寝られるのである。太陽の高い日中寝るのであるから、窓のないそして狭い部屋に雑魚寝である。疲れているのに、寝返（ねがえ）りをうてないとは、全くいたわしいことだ。

夕方起き、倹飩（けんどん）屋のおかずで食事をし、身仕度である。ちょっと気付いたのだが、ひどいおかずだということだ。楼主にとっては便利、花魁にとっては命の綱である。その綱が粗末であったら栄養が不足する。彼女らは文句等言わない。否、言えないのか。何とも気の毒な身の上である。

そんな日常の中で、花魁にとって楽しみなのか迷惑なのかわからぬが、かまさん（楼主）は月に一回浅草へ連れていくのだ。そして、いつも決まって「林長二郎」のチャンバラ映画を見せてくれる。そして、次は必ず「大黒屋」の天丼をご馳走してくれる。

何しろ、おいしいのである。丼からはみ出した大きな尻尾、香ばしい胡麻油の匂い、たまらなく食欲をそそられる。かまさんは煙草をくゆらして、一心に食べている一族郎等を眺めて、何を思っているのだろうと思った。

片や花魁たちは、「うまい」とか「でかい海老」等の発言はない。尤も、不断から言葉を交わさないのだが、心の中は複雑であろう。

「きょうの楽しみは楼主の奢りなのか、借金になるのか」と。

何はともあれ栄養はとれた。「これから頑張ろう」という意欲は出たであろう。

楼主は、彼女らの成績に順番をつけて、六帖の覗き窓の鴨居に貼り出した。彼女らは、自分の順位が良い時は、珍しく感情を露わにして喜んでいた。

しかし、かまさんは自分の儲け時のチャンスとばかり、順位の良い者にすぐ着物を買わせる。いらない等と言えないのだ。だから借金は余り減らない。母は随分買わされた。月に一度浅草へ行く以外外出できない身の上の者に、着物など更々必要ない。

それでなくても、私に掛かる費用は馬鹿にならず、母の借金は増える一方である。

私の弁当のおかず代も。

かまさんが、弁当のおかずは郭の外の佃煮屋で買いなと、教えてくれた。渡された金は少ないので考えた。

安くて気にいっていて飽きのこない物と考えた時、細切り昆布に決まった。それ以来、小学六年生の一年間と女学校の五年間、ずっと細切り昆布の佃煮で過ごした。六年生の時と女学校一年生の時、「斎藤さんのおかずはいつもこぶの佃煮だ」と評判になった。恥ずかしかった。悲しかった。でも我慢した。今九十四歳であるが切り昆布は好きだ。そして人に、「髪の毛が黒いね」と言われる。

入試を考え決める時期がきた。

級の中で成績上位の者は、この学校の前にある「東京市立第五女学校」を希望していて、仲のいい遊び相手が、入試を争う敵対関係になった。この級の上位六人である。私はその次位（ぐらい）の成績だと思っていたので、第五を受けてみようと思った。

担任の先生に呼ばれ、一対一で話すことになった。

「斎藤さんはどこを受けようと思いますか」

即座にはっきりと、

「市立第五を受けたいです」

「落ちたらどうしますか」

その言葉で、先生は第五は無理だと言っていると感じた。その時は世の中のことなどわからず、冷たい先生と思ったが、今考えると何と浅はかな自分だったのだろうと思う。

もう、担任の先生は「東松かま」と私の関係は察しがついていたのではあるまいか。担任の先生の言葉で第五は駄目とわかり、私立の中村高女しかないと思った。

早速かまさんに、

「中村高女を受けたいです」

というと、

「おお、そうかい、それがいいよ」

今までに聞いたことのない明るい声で言ったので驚いた。

「中村を出た子は、この郭に何人もいるよ、今通っている子もいるし」

弾んだ若々しい声だ。ふと、顔をちらっと見た。第一印象の時の怖さはみじんも残っていない。

「卒業して、今うちにいるらしい子を知っているから、その子にどんな学校だか聞いてみな、うちを教えるから」

かまさんは、中村高女を卒業した人や、今通っている子まで知っているとは、思ってもみなかったので驚いた。余ほど郭のすみずみまで知っているらしい。

かまさんの言葉に安心して待っていると、二、三日過ぎた日、

「幸子です。艶子さんいますか」

と、小さいのれんを搔き上げて、若い女の人が立っている。

「わたし幸子ですが、艶子さんですか、中村高女を受けるんですって」

「学校のことがわからないので教えて下さい」

「そうだったの」

「中村高女はとてもいい学校よ」

「先生は優しい方ばかりだし、生徒さんは皆裕福な家のお嬢さんばかりだから、安心してお付き合いできるし」

「是非、中村高女を受けて下さい。陰ながら応援していますよ」

改めて彼女を見た。背がすらりとしている。淡いベージュ色のワンピースを着て落ち着いた感じだった。清々しい顔で、話に念をおす時、ちょっと小首を傾げてにこっとすると、すごく心をひかれる。優しそうで清純な感じを受けた。余りのチャーミングさに、郭でもこんな娘さんがいるんだなあと思い、郭についての認識が少し変わりそうであった。

夜、勉強のためにかまさんの部屋へ入っていたので、幸子さんの話を伝え、

「中村高女を受けます」

というと、

「それがいいよ」

と上機嫌のようだ。かまさんに一切費用を出してもらう身にとって、彼女の喜びは安心につながる。しかし、その頃は何も考えず、流れのままに身をまかせていた。それで、学校のことでは全然不自由を感じさせないようにしたかまさんの処理能力に、今、「すごい人だったんだな」と思っている

第一、東松という苗字に興味を持った。

同居生活によって心が打ち解けてきたら、かまさんの方から教えてくれた。

かまさんの祖先は平家の落人(おちゅうど)であること。そして、逃げ延びてきた処に松の木があったそうで、東に逃げてきた処に松があったので、「東松」という姓にしたそうである。かまさんは名古屋の出身と言っていた。そんな話から改めて顔を見ると、鼻はお公家(くげ)によくみられる形、今は太っているが若い時は品がよかったのではあるまいか。

名古屋から出てきて、女手一つで店を一軒持ったのだから努力されたことと思う。

高女一年

いよいよ入学試験の当日になった。言うまでもなく一人で出かけた。洲崎から市電で門前仲町を通り、清澄庭園前で降りる。清澄庭園のほぼ向かいに中村高女があった。

今でも思い出す。狭いグランドというより、お庭の奥にくの字形の木の家が建っているという感じだった。門を入る時の直感は感じのいい温かさを、子どもながら気付いていたようだった。

くの字形の二辺の接点になる所に玄関があった。そこから中へ入っていった。

試験官は、金縁眼鏡の女の先生だった。威厳を感じ緊張した。

試験が終わって立とうとした時、

「大変良くできました」

と言われ、びっくりした。試験の結果は発表まで全然わからないものと知っていたので…。

やはり、受かるかどうかは心配であった。

受かったとわかった時は母に早く知らせたくて、夕方が待ちどおしかった。しかし、起きてきても、近寄って話しかける隙(すき)を作ってくれない。何て情のない母親だろうかと悲しかった。

一方、有難いと思ったのは、中村高女だからで、私の姻戚関係のない「東松かま」を、保護者として認めて下さったということを…。かまさんはさぞかし喜んでくれただろうと思ったのに、こちらも一言のことばもない。

余ほどのことがないかぎり口はきかない主義らしい。

しかし、私の入学の準備は一言の愚痴もなく、私のしらない間に全(すべ)て終わっているのだ。その頃は深く考えず、のほほんとしていたが、私としては全く珍しい経験である。物心ついてからこの頃までの私のまわりは、常に金に困っていたので、天国にいるようだ。反面、母の借金は知らぬうちにふえたであろう。

のほほんとしていたもう一つのことは、制服である。紺色でスカートに少し襞があって活動しやすく、上は白のブラウス、春、秋、冬は前あきでボタン無しの上衣である。上衣に確か、細いリボンがついていて、控え目におしゃれ心を満足させていたと思う。

あの頃はセーラー服が多かったのに比べ、この制服は中村高女の先生方の生徒に託する、熱い思いの象徴だったのではなかろうか。

私はあの制服が大好きだった。

いよいよ通学である。

市電に乗らず、清澄町に向かって、斜めになるような道を選んで歩いてゆくのだ。丁度その道筋に新入生が二人いたので、三人で登校した。最初に倉持さん、少し行って井上さん。

倉持さんのおとうさんは警察官、井上さんのおとうさんは大工さんで、皆立派な家庭のお嬢さんである。

倉持さんは心の温かい人で親しくしてもらった。井上さんは全く一言もしゃべったことはなかった。でも、歯科医師になられたと聞いた。

倉持さんは身内のように気づかって下さったことを忘れはしない。今でもテレビで倉持という字を見ると、「倉持さんお元気かな」と思う。泣きたい位懐かしい。

扨、登校に何キロ歩いたかわからぬが、大分足が鍛えられたと思う。

一年の時は登校の疲れなどなく、グランドいっぱいに走り回って遊んだ。みんな小学生の気分のままだったようだ。入学できたこと、それからの学生生活の方針などについて教えてくれる者のいない私は、野生の兎のようだったかもしれない。

そんな状態だったが、英語の授業には格別の興味を持った。

先生の発音が本当にきれいなのだ。

その頃の私はイギリス人や外国人を余り見たこと、ましてや会話を聞いたことがないので、どんな発音が正統か知るよしもないが、音が澄んでいて巻き舌を使っているため、本物ってこういう発音になるのかな等と思っていた。吉原先生は我々には先ず発音からとのお考えとみうけられた。同じところを時間をかけて発音練習した。「オー、ダンディライアン、イエローアズゴールド」。何のことかわからない。しかしよく記憶していた。それほど先生の授業は熱心でいられたということだ。

二年になったら教室が二階になった。みんなおとなしくなった。あばれん坊たちがどうしてそうなったのかわからなかった。

私は二年東組。担任は宮崎先生。何と入試の時、私に「よくできました」と言ってくださった金縁眼鏡の先生だ。

そして、級長に任命された。その時の先生の説明によると、前学年の成績が一番の者がなるとのことであった。野生の兎のように跳び回った身にはピンとこなかった。

二年になって、みんなが落ちついてきた。やさしい先生に接したからだと思った。

第一に国語であるが、宮崎先生の担当だった。先生は奈良女子高等師範を出られ、国文学の専攻をなされたときいた。その当時、女子高等師範学校は、東京と奈良にしかなかった。授業中うかうかしていられないのだ。最初は説明して下さるのを聴くだけだったが、時に個人を指名して質問なさるようになった。初めは答えられないことが多々あり、恥ずかしく、何とかしなければと考えた時、アンチョコなるものを手にすることができた。それを使って次に学習するところを予習するのである。すると、授業中の先生の教示が、「そうだ、そうだ」と理解しやすい。又、「斎藤、これは」等と質問された時、的確に答えると、我が意を得たりというように、にこやかになり、こっくりと頷かれるのである。それを見ると嬉しくなり、ますます予習を欠かすことはなかった。徐々に、先生と私だけの対応が多くなっていった。

こんな年になってやっと思いついたのだが、最初の先生の指名は、予習復習をせよとのご指導だったのではあるまいか。そしてその成果を、五年生の作文で確かめられたのではなかろうか。

作文を宿題に出され、自分なりに何を書くか相当迷い、書く時はあくまでも有りのまま忠実に書くことにしようと、最後は題で悩み、原稿用紙七、八枚を完成させるのに何日かかけた記憶がある。その作品を発表させられた。堂々と読みあげた。教室中シーンとなった。あの時コトリとも音がせず、級友はよく聴いてくれた。

そして、先生の講評は一言もなかった。余分なことは一切おっしゃらないが、優しさ温かさが伝わってくるお人柄に今頃やっと気付き、胸にこみあげてくるものを覚える。

五年生の時のことを途中に入れてしまったが、二年の時にもどる。

二年になったら、英語も宮崎先生だ。発音でなく訳文が主である。教科書はどんどん進んでいった。

数学は中村高女としては珍しい若い男の先生だった。代数で、とてもわかりやすく面白くもあった。時々級友が「教えて」とくることがあり、休み時間に教えたりした。

次はとても人気のある下条先生も思い出の多い先生だった。背が低く度の強い眼鏡をかけておられたようだった。いつも、東洋圏の大きな地図を持ってこられ、「元もと日本は資源に乏しい。それに比べ、南方は豊富である」ということを、授業の度毎におっしゃっていたように思う。漫談を交えるので生徒に人気があり、賑やかであった。

ニュースでは日本が勝っている報道が多く、日本は強いとだけ思っていた私は、よい勉強になった、正しいことを知ることができたと思い、少し大人になったようで嬉しかった。そして下条先生に尊敬の念を強くした。

歴史の先生は、我々のおかあちゃん位の年齢に見えたが、ものすごく博学でバイタリティーがあり、黒板一杯に事象や年数をすらすら書かれる。私は写し取るのに手間どって、講義も聴かなければならずアタフタして聞きもらし、今になって残念なことをしたと思っている。そして、歴史は余り好きでないような人間に成人してしまった。

体育の先生は、白いトレーニングパンツ姿で、徒手体操やゲームが主であり、適度に筋肉がほぐれ気分もほぐれた。

二年になって間もない頃、筋骨隆々としてがっちりした先生がこられた。その方は前の先生と全く違う体操をするのである。

腕を前に上げること何十回、片方の足を何十回という具合に続けるのである。「もうくたびれてやめたい」と心で叫んでも、先生が、「やめ」と言わないかぎり続けなければならない。しまいに我慢できなくて、先生の目が自分からそれたなと思った時にちょっと動きを止めるのである。先生にはわからないと思っていた。自分なりに努力した心算なのに、いつも成績が悪いのだ。「どうしてだろう」と思っていたら、担任の宮崎先生も私のことを気づかってか、体育の先生にいろいろ聞いたらしかった。それでみんなの前で私と向かい合うようにして立ち、「みんなは先生がみておられないと思って休むだろうが、ちゃんとみておられるので注意しなさい」と教えて下さった。注意しようにも方法はなく、体育はいつも悪かった。

ところが、その先生は、いつのまにか見られなくなった。

そうしたら、今度はマラソンである。「なぜ急にマラソンなの」と思っていたが、今気付いた。筋骨隆々の先生の成果をみるためだということであると。

マラソンは二千メートルと言っていたと記憶しているが、何しろ急にマラソンということで、当時は動揺した。出発点は私に馴染がない町なので覚えていないが、そこから白河町の区役所の前を通り、清澄町の市電の通りで終わる。あんな苦しい思いはその後なかったと思う。マラソンはそれ一回で二度となかった。

次にやったのは「歩こう会」である。

去る一九三八年（昭和十三年）に国家総動員法が公布されていた。いろいろな内容があって、国民をしめつけるものであった。モンぺがこの頃はやり出した。

中村高女では、いよいよ体力をつけるという主旨でよく歩こう会を行った。大体一日を充分使って歩く。利用する地域は、一口で言えば名の知れた処だと思った。その中で、今もって生々しく思い出されるのは箱根行である。

十国峠を越えて芦ノ湖に出、箱根神社のある頂上（頂上だと思っていた）まで行った。ところが、雨が降り出してきた。笹が密生している。道がよくわからない。下条先生が必死になって下山道を見つけ、一同無事に芦ノ湖へ着いた。もう、夕方であった。一時はどうなるかと心細い思いは、後年の私の登山の参考になった。中村高女の歩こう会は、いつもスケールが大きかった。よく足がついていったと思う、と同時に、足を鍛えてくれたことに感謝している。

扨、バレー部でも猛烈な練習をしていた。我々が帰りかける時、グランドにコートのラインを引くと、バレーコートに早変わりする。コーチは渡辺先生と記憶している。先生の叱咤激励、選手の呼応する声が校舎にコダマし、すさまじい音になる。暗くなると、ライトをつけておそくまで練習しているとか。何しろすごい練習だったそうである。たしか、センターだったと思うが、「小林つる」という人がいた。すばらしい選手だったそうで、その人の在学最後の年に、バレーで日本一になった。名選手に名コーチの巡り合いだったと思っている。

高女二〜五年

二年になったのは一九四一年（昭和十六年）である。

人と肩を並べて学習でき、貧しいながら寝食はこと足り、かまさんのお陰で学校の費用はきちんと払ってもらい、私はお金のことに一切係（かか）わらず過ごしていた。

突如、

「斎藤さんは花魁の子だって」

と、廊下で擦れ違いざま言われた。「とうとう知られてしまったのか」。道理で、近頃人が寄ってこないと思っていた。

「どうしてわかったのかな、そうだ、もしかしたらHさんからだ」。この洲崎の中で大きな楼閣を構えている遊女屋のお嬢様で同学年である。一年の時は一緒にグランドで走り回った仲であった。

ところが級がちがうのに私が級長になったため、「郭のどこの子だろう」と話題になったことだろうと思う。そして真相を知ったのだ。そこで止（とど）まる筈がない。学校に持ち込まれた。特に、キュウリ（三浦さん）の耳に入ったらたちまち全校に広まる。

事実であるから致し方ない。でも、四面楚歌はつらいものだ。「でる杭はうたれる」と、昔の人はよく言ったものだ。

一番の問題は、父兄が黙っていないことである。聞こえてくるようだ。「女郎の子と一緒にしないで下さい」

宮崎先生は、本当に困られたと察する。全校に広まってから随分たった或る日、

「斎藤、教務室へこい」

と、宮崎先生に言われた。

先生は、「東松かま」のことをどう思われておられたのだろう。何しろ、こう表沙汰になってしまっては何とかせねばと思われたのだろう。ご心労のほどが思いやられる。

恐るおそる教務室のノブを回し、開けて中へ入った。市万田という太った裁縫の先生が右側に、左の窓際近くに宮崎先生がおいでになられた。入っていった私にギョロッとした目を向けた市万田先生に比べ、宮崎先生は下を向いておられた。室内にはお二方だけだった。「助かった」と思った。

黙って先生の前に立った。

「東松かまっていう人、あんたの何なの」

と、下を向いたままおっしゃった。

さあ、答えられない。覚悟はしていった積もりだったが、やはり全身の血が頭に上ったようで思考が止まった。

「答えられない、言えない、どうしても言えない」の堂々巡りだ。長い間、先生も私もそのままの静止状態。何分経ったのだろう。

「いきなさい」

と言われ、黙ってお辞儀をして出口に向かった。その背中に市万田先生の、

「強情な子だね」という言葉がとんできた。その言葉は心にひっかかった。やはり、簡単なものではなく、卒業するまで私につきまとう疫病神のきざしだった。そんなことには思いも及ばず、廊下へ出たらすっきりした。

しかし、すぐに、尊敬する先生にあのような応答をしなければならない自分が情なく悲しかった。それ以来、先生と対面するのが苦痛でもあった。

しかし、先生こそ管理その他諸々の事象に対処せねばならず、それに加えてのご心労、誠に申し訳ないと思い苦しくなる。

丁度その項、「贅沢は敵だ」と盛んに言われていた。「私の母は女郎をしています」と言ったら、国策に沿わないという理由で退学であろう。先生は、退学させたくないと思っていらしたのではないだろうか。

中村高女は、自由な思想をおもちの先生が多かったので、私は入学でき、のびのびと学習にいそしむことができた。しかし、今回のようなことになり、先生方は困っておられると思うと誠に辛い。辛いし苦しい。

そのような時、頭がどうなるのだろう。日中はやらねばならないことに紛（まぎ）れて思い出さぬが、寝る時、布団の中でこの辛さをどうすればなくすことができるのかと思っているうちに、だんだん極端な考えになる。苦しみからのがれるには、自殺するほかはないという結論になった。

次にどうやって死ぬかである。

毎晩毎晩、三帖の女中部屋のせんべい布団の中で死に方を考えた。

とうとう自殺は、学校の二階の窓から校庭に飛び降りるのがいいと思った。同じことを考え考えていると考えが集約され、極端な方向に向かっていく。丁度三角錐の三面が頂点に集合して鋭角を作るように、決定的な決断だと思ってしまう。

学校の帰りに門前仲町を通る時がある。いつもボリュウムをあげて、「海ゆかば」をながしていた。あれを聞くと心がふるいたった。

海ゆかば　みずく　かばね
山ゆかば　くさむす　かばね
大きみの　えにこそ　しなめ

かえりみはせじ

この歌の文言一つ一つが心につきささった。「今は天皇のために必死に戦う時である。男だったら予科練にいって戦えるのに、女だから仕方がないか」と思う度に、潔く死ねる予科練が羨ましく、この曲に癒された。

自分の愚にも付かぬ悩みにとりつかれている時、日本はもう大変なことになっていたのだが、ラジオだけのこの家にいると、真珠湾攻撃で、アメリカの太平洋艦隊全滅せりという報道に喜んでいた。だが、現実は、戦力が比較にならぬほど日本は劣っていたそうだ。前にも述べたように、（国家総動員法）が出されていた。その頃は小学五年生で（一九三八年・昭和十三年）わからなかったが、今調べてみた。

・人的資源の統制および利用に関するもの
・物的資源の統制および利用に関するもの
・資金の統制および運用に関するもの
・文化の統制および運用に関するもの

標題だけでは内容はわからないが、一つ例として取り上げると、興亜奉公日を一九三九年九月一日から実施した。そのため、節約貯蓄が強制されて、食堂・喫茶店・風呂屋まで休業した、毎月の一日にである。

そしてモンペがはやり、モンペ部隊のおばさんたちが、「贅沢は敵だ」と書いたプラカードを持って町をねり歩いたりした。

人的資源では、一九三九年七月に国民徴用令が公布されている。それによると、国民を強制的に徴発し、重要産業に就労させるのだ。十六歳以上四十五歳未満の男性及び、十六歳以上二十五歳未満の女性を、軍需工場へ徴用できるというものであった。学徒は関係ないように思われる内容であるが、実はもう既に学徒の動員が断続的に行われ、一九四四年三月には、中学生の勤労動員大綱が出された。中村高女は藤倉電線一ヵ所だけであった。

初めは月のうち、何日藤倉へという状態だったが、次第に学校より藤倉へいく日が多くなり、終に藤倉の工員なみという有様だった。藤倉へ行く日が多くなると、学習が跡切れ跡切れのため、わかりづらくなってきた。特に数学はお手上げだった。そのうちに学習全てに身が入らなくなり、五年になったら殆ど工員並みになってしまった。深川区白河町の区役所近くの家から、月島の藤倉電線まで歩いてよく通ったと思う。足はますます丈夫になっていった。

勤労動員が多くならない時に、辛いことがあった。

四面楚歌に堪えがたく死のうと考えた私に、又一つ辛い仕事がふえた。歩こう会が避難訓練に変わったのだ。

予告なしに非常ベルがなる。何も持たず、上靴のまま校庭に出る。担任の前に集まる。級長が先生を後にして「整列」というと、級全員は級長の前に先頭（一番背の高い者）が立つ。すると背の順に二列の横隊に並んでくれる。級長が、「番号」というと、前列の背の高い方から低い方に番号がとぶ。級長は最後尾まで走っていって人数を確認し、走って戻って先生に、「現在員〇名異状ありません」と報告する。訓練終了の合図で、「前へ進め」といって教室に誘導するのである。

考えてみれば単純な仕事であるが、女郎の子が大勢の前で人に号令をかけるなど、普通ありえない。これは恥ずかしいなどというものでなく、体罰を受けているようなものだ。地面に潜れたら潜ってしまい、みんなの前から姿を消したいと思いながら、任務を果たしていた。きっと、しかめっ面で赤い顔をしていたと思う。斎藤の家系はすぐ赤面するのだ。当然先生にお見せしたくない醜態を曝け出してしまい、先生を不快にさせてしまった。訓練中、先生は「おかしいな、不思議だな、わけがわからないな」という感情のお顔だったと、普段の先生から察していた。辛いことの上に、申し訳ないという辛さが加わる。

しかし、この年（当時から約八十年後）の今思うに、先生としてはどんなに歯痒く、不愉快だったことだろうと。先生こそお辛かったのではなかろうか。しかし、「しっかりせい」「しゃんとしろ」「もっと真剣にやれ」とか、何かおっしゃってもいいのに、一度も何もおっしゃらなかった。むしろ、言ってもらった方がよかった。

その頃他校では、割に勤労動員が行われているらしかった。国民総動員法の中に、（学徒勤労令）とか（女子挺身勤労令）が盛り込まれている。

二年の終わり頃、中村高女にも動員がきた。ライオン歯磨であった。時が時だけに、軍需工場へいくのかと思ったのでがっかりした。ライオン歯磨は学校に近かった。

会社へつくと、専務さんが出迎えてくれた。その方の話が長かった。内容は殆ど覚えていないが、一つだけ今もって忘れないこと、それは、「南方の人は、歯磨き粉で病気が治ってしまう」ということである。「あ、だから歯磨き粉も広く考えれば、軍需品になっているのだ」と思った。南方に戦域を延ばしているから、当然占領地の住民を助けねばならない。その時にライオンの歯磨き粉が薬の代わりになるなら、製品は多いほどいいわけだ。

「歯磨き粉がねえ」と、認識をあらたにしたのだった。

ライオン歯磨への動員のあと、暫く学校で学習と避難訓練に明けくれていた。

そのうち藤倉電線へ時々行くようになった。一回の日数は短く回数も少なかったが、学校生活に落ちつきがなくなった。

動員のない日授業を受けるのだが、予習復習をして落ちついて授業に臨めた時に比べ、先生も学習計画を休んだ分を取り戻そうと急ぐため、我われは戸惑った。理解度がひどく悪くなったと思って不安だった。幾何にいたっては、惨憺たるものであった。学習能力の低下を思うと、お尻が浮いてくるような、はじめて経験する不快感だった。しかし、動員にいくとそんなことを忘れ、一生懸命仕事をするのである。

もう、自殺の計画はどこへやら。大体避難訓練もやらなくなっていた。

四年生頃には学生なのに、すっかり工員になりきっていた。教科書を開くことなくただ寝て起きるだけである。動員の目的地は藤倉電線一ヵ所にきまり、殆ど毎日通うようになっていた。

自分の住まいは深川区役所の裏なので、そこから門前仲町を通り、月島に向かっていけば藤倉電線である。距離は少しあったが、平気で歩いて通った。なぜか、中村高女の生徒に会うことがなかった。工場内でも一人ずつ配属され、倉持さんと職場は全然別で、帰りに会うぐらいであった。

仕事は、海底ケーブルの素材である銅線へテープを巻く作業である。機械化されているので、不具合にならないように見張るだけだ。直径30cm位のドラムに裸の銅線が巻いてある。そのドラムを十数個掛ける支柱というか固定するものが立っている。銅線巻のドラムを固定するのだから、よほど頑丈に作られている。裸線のドラムの下に、同じ大きさの空のドラムを取りつける。尚、巾1cm位の紙テープが裸線の近くにつけられ、スイッチが入ると皆一斉に動き、裸銅線にテープが巻かれ、空だったドラムがそれを巻き取る、決められた量を巻き取ると自動的に止まる、同時に裸線のドラムは空になる。従って新しい裸線のドラムを上につけ、空のドラムを下につける。そして、紙テープで裸線が巻かれるように補助して動かすのである。

広い広い部屋にその機械がいくつか並んでいたが、私の担当のところだけ動いていた。最初は女工さんと二人でやっていたが、いつの間にか一人で一切やった。

紹介が遅れたけれど、藤倉電線のことについて少し申し上げておきたい。

真っ先に言いたいことは、とてつもなく大きい建物になっていることである。長さなどはわからず、天井は高くてその素材は見えなく、ただ暗いだけであった。その上、機械類が大きいのである。工場へ入った途端、左にとても大きいドラムがあって驚いた。直径は人の身長位あったようだ。中へ入っていくと、右に更に驚くものがあった。高くて上はわからず常時多量の蒸気を出し、更に轟音（ごうおん）を発していた。これは機械ではなく何と言ったらいいのか、今ですらわからない。あれは、藤倉電線の命であり象徴であったのだろう。

日中、勤務中は私の近辺には誰もいない。夕方帰る時刻には、どこから出てくるのだろうと思うくらい、学生や青年で賑やかである。時どき、配給生活の我々には手に入りにくい貴重なものが貰えた。嬉しかった。軍需工場なので、軍隊に準ずる扱いをされているのだと思った。
私の働いている所は日中人影がない。ただ、昼食後の休み時間になると、どこから
か学生がやってくる。黒服の外語大の学生であった。一様に物に腰掛けて読書三昧で
ある。その姿勢がロダンの物思う彫刻と同じようなので、「ロダンの群像」と名づけ
て見ていた。腰を掛けて全く動かないのである。余ほど興味のある書物であるらしい。
あとで聞いたのであるが、外語大の教授が、「中村高女は不良学生が多いから気を
つけろ」と言ったとか。
群像は学習時間を勤労にとられ、必死に勉強せざるを得なかったと思われる。片や、
我が校は不良学校として有名だそうであるが、一部の宝塚少女歌劇ファンが派手に振
るまうからであろう。私のように真面目(まじめ)な者がいるのに。風評というものは恐ろしい
ものである。
四年の三学期に登校した。
みんなが久し振りに集まったので、工場の話が弾んでいた。そのうちに、家庭科教
室の大掃除をせよという伝達がきた。
家庭科教室へ行って、各自の分担を決めた。私は教材が収納されている戸棚のガラ
スを拭くことになった。児童用の机の上にのって、ガラス拭きを始めていた。ほかの
者も始めていたのに、キュウリ(三浦さん)の一団は黒板の前でヒソヒソと話し合っ

ている気配だった。急に、キュウリが、

「みんな見て」

と言って、黒板に何かを書き出した。

「みんなで歌おう」

というキュウリの声で黒板を見たら、黒板いっぱいに、

万田にくしや　あのつらで
ぎょろり　にらんだ　あのまなこ
ああ　はやく　くたばれ　しんじまえ
おもわず　うかぶ　ほほえみを

市万田先生の替え歌が書かれてある。

「さあ、うたいましょう」

とキュウリ。

最初はキュウリの仲間だけだったが、だんだん賛同者がふえ、大合唱になってしまった。私に制止する力はなかった。級長なのに。

まずは、教務室に届くのではないかと不安であった。

急に、教室の後の戸がガラッと開いた。歌をピタッとやめた。宮崎先生が入ってこられた。シーンとなった。先生のハイヒールの床をたたく音が心にひびいた。

先生は脇目もふらず、一直線に私のまん前までいらした。みんなの目は一斉に私に集中した。みんなは怒られると思ったのに、思わぬ方向に転換したので「どうしたのだろう」と不審の念をいだいたと思う。私も「もしや」と思った。それは勿論かまさんと私の関係である。そう思ったら気が転倒し、体が固まってしまって身動きできなかった。

「かまさんとあんたはどういう関係」

平常より少しトーンの下がった澄んだ声が、シーンとした教室いっぱいにひびいた。やはり答えられない。高いところから先生を見下ろす体勢なのに、答えられないということは何と恥ずかしいことだろう。うじうじしていないでいっそのこと、「私の母は女郎をしていまして、その店の主人が東松かまです、私はその人の保護を受けて生きています」と言ってしまったらさぞさっぱりするだろう。それでは、この学校にいられなくなる。母が賤しい職業をしていることは、何としても私の口から言えない。言わなくても、全職員全生徒が知っている筈である。当然父兄からの声が多いのであろう。学校、特に級担任の宮崎先生は困られたことだろう。そこで、級全員のいる前で、私の態度を見せようとなさったのだ。「本人がだまっているので仕方がないのだ」ということを。先生には私の反応はおわかりの筈、（二年位前、同じ質問に無言だった）やはり言えないと、頭の中は渦巻いている。丁度頭の上に明かり取りがあり、太陽の光と熱がふりかかって発熱しそうだ。心的と物理的苦痛にたえていた。下を向けば、親指のところに穴のあいている靴下をはいていた。恥ずかしいという思いが重なってきた。完全に思考は休止状態。先生は、じっと私の靴下の穴を見ている様子。急に、

「靴下の穴でもついでおけ」

と、普段の声でおっしゃると踵（きびす）をかえして、ハイヒールのコツコツという音をひびかせて出ていかれた。

今度は級友に顔向けできず、ガラス拭きに専念した。級友たちも、もくもくと作業していた。内心、私の悲惨な光景を見て、驚きで一杯だったことだろう。

苦しい恥ずかしい思いをした二ヵ月後、私は斎藤から高橋という姓に変わった。母が高橋という人に身受けされたのである。そして、私をも養女にしてくれたからである。有難いことに、「私の父は高橋昇之介です」と、堂々と言える。何だか、ながーいトンネルから抜けで出たようなすっきりした気分になれたようだった。

しかし、今度は見知らぬ男が急に父になるのである。

私は小さい時から父の愛を知らず、ましてやつきあい方などわかる筈もない。そんな私が、義理の父とどうやって暮らしていけばいいのだろうと思うと、不安であった。それで、新宿で出会った大学生に対したように、当分の間は無言でいこうと思った。或る日、私が家に向かって歩いていたら、二階の窓から父が私を見ていた。部屋に入ると、

「艶子は遠目がきくね」

と言われた。意味がわからず返事をしなかったが、すぐ、申し訳ないと思った。そんな私に加え、母は父が私に親しくしたいという願望を極力嫌っていた。そして、母は全く無口になっていることに気付いた。女郎という金縛りから救い出してもらったのに、暗いのである。もしかしたら、こんなになってしまった母をみかねて、私に希望を託し、身受けしたのかも知れないと思う。

父の深い愛情を理解しない母子と暮らし始めた父は、その頃悩んだのではなかろうか。

父、高橋昇之介は料理人である。一九三九年に（国民徴用令）が公布され、父は糧秣所に徴用されていた。

我われ三人は、鰻屋の隣に住むことになった。母は鰻屋の飯炊き女である。今まで

大釜などいじったことがないのに、急な肉体労働で苦しかっただろう。

いつものように三人で夕食をとっていた。急に沈黙を破って、

「艶子、これうまいよ、どうやって作ったんだい」

父が問いかけてきた。とっさに、油を入れたのと言うつもりで、

「あ」

と発したところで、強く母が制止した。そのあとは、うまい筈のじゃがいもの油いためが、味なしのまずいものになってしまった。

父には油が入ったことで、味がひきたったこと位わかっている。何とかして会話のある和やかな雰囲気を作りたかったのだ。そんなことすら母には通用しない。大体、苦界（くがい）から救ってくれた人に対する礼節のようなものを、持ちあわせていないように冷たい。父がかわいそうだった。そんな母のもとへ、糧秣所で支給された、蜂蜜、りんご、缶詰、油等を持ってきてくれる。「ありがとう」とか「すごいね」とか、私も喜んでいるのだから、一言位感謝の言葉を発するのが自然であるのに、母より出しゃばってはいけないことがわかっているので、父に申し訳ないが、言葉をのんでいる。

或る日、鰻屋の店にそこのご主人に父、母と私の四人が集まった。父はとてもはしゃいでいるように見えた。にこにこして、いきなり40cm近い蓮を取り出し、包丁で

縦に皮をむきはじめた。途中で切れることなく、長く薄い皮がすらすらと何枚もできてゆく。「すごい」と心の中で叫んだ。母の手前声をのんだ。馬鹿な母子が褒めるべきなのに黙ってボーッと立っているのに、鰻屋のご主人があわてたらしい。父の気を滅入らせず、場の空気を明るくするために、

「艶ちゃん、十円やるよ」

当時十円は大金である。

「わたしは頂くいわれがないのでお返しします」

と言って返した。さあ大変。ご主人の面子丸つぶれである。その場の空気などよめることができず、唯真面目（まじめ）一点張りのこの行為は、近所の大評判になったらしい。そればかりでなく、お孫さんにまで私のことが伝わっていたということは、ご主人のお怒りのほどが思いやられる。

そんなことはすっかり忘れたひと月後に、鰻屋の前の床屋へ行った。ご主人が一人でさかんにしゃべっている。自然に耳に入ってくる言葉に「十円、いらねえなんて」等と言っているらしい。「おや、もしかしたら私のこと」と気づいた。集中して聞くことにした。

「人が十円やるって言ってんのにさ、いらねえとこきゃがる、何てひねくれた子どもだろうね」

と客に話している。

「へえ、そんなのどこの子だい」

と相手。

ああ、完全に私のことが町中で評判になっているのだ。こうなったのは、鰻屋のご主人の怒りがいかに強かったか想像できる。しかし、私としては当然のことを言ったまでと思っている。今でもその現場がありありと浮かび、心がさわぐ。片や、鰻屋さんの方もお孫さんの代になっていたのに、隣の人の話は聞いてますけどという冷たいものであった。

五年になった。高橋という姓になり、先生も私も少しすっきりし、級友は前ほど冷たくはなくなった。あまりにも世間知らずだった自分が情ない。

殆ど工員生活であるが、たまの登校は真面目に大事にしていた。その数少ない登校の日、宮崎先生が自由題で作文の宿題を出された。この作文は女学校生活最後のものだと思ったら、すごく意欲が湧いてきた。

変化のない日常生活を過ごしている自分としては、何を書けばいいのだろうかと随分考えた。

「そうだ、前に町内で行ったハイキングのことを書こう」最後の作文だろうからしっかりしたものにしたい。文才なんてないが、見たもの、聞こえたものの感じ方をありのまま、そのままを書くことにしようと思って取りかかった。

一度書く、読み返す。おかしい言いまわしは直し、表現が少しでもうそになりそうなところは、忠実に忠実にと直す。何日もかけて書き上がった。さて題は、これがとてもむずかしい。「ピクニック」「ハイキング」「町内会の遠足」平凡すぎる、面白くない。何が出てくるのかと思わせる題でないと全文ぶちこわしだ。あれこれあれこれと考えて、「春郊に遊ぶ」にした。提出したが、次の登校には作文のことをすっかり忘れていた。

その日の国語の時間に、教材の学習を早目に切り上げて、

「今日は、この前書いてもらった作文について発表します」

と先生。

「Aさんは○○という題で、Bさんは△△、Cさんは□□という題で」

と次々に全員を発表した。

「次に高橋の『春郊に遊ぶ』を読んでもらおう」

とおっしゃった。急に言われ、少しドギマギした。しかし読まねばならない。今は、女郎の子ではなくなっていたので、少しは気が楽になっていた。

自分の席に立ったまま読み始めた。原稿用紙七、八枚あった。最初のところは変哲はなかったが、身体をとおして感じたこと等のところは興味をひいたらしく、誰一人

として動いたり、私語したりせず、最後までシーンとして聴いていた。その態度にお
どろいた。
先生の講評はなかった。言わなくても、みんなの聞き方で充分であった。
これが、五年間の先生との最後の心の交流であった。
その時から八十年近く過ぎているが、
思い出す毎に武士のような方でなかったかと思うのである。

東京大空襲

一九四一年（昭和十六年）に太平洋戦争がはじまっていたが、米軍は、一九四二年（昭和十七年）に本土空襲を開始し、それ以後次第に頻繁さを増していった。一九四五年頃は、警報と警報の間が短く、「又か」という気持ちさえあった。警報の度に防空壕へ入るのであるが、狭いのだ。丁度足の親指の爪をはがしていたので、じっとしていても痛いのに、下駄（包帯をしているので）をはいて外に出、腰をかがめて壕の中へ入り、解除の合図で這い上がるようにして外へ出て、家の中へ入る。やれやれと思い息をつくかつかないうちに又鳴る。

今までの警報で、どこが焼けたのか全くわからなかったが、三月九日夜は、今までと全然ようすがちがっていた。

その日は丁度夕食時、警報の鳴り方がひどいと思った。一斉に外へ出た。もう江東区らしい方角に、すごく広く火の手が上がっていた。南の端から北へきれいに火の手が延びる。しっかり燃えているのに、そこへ又焼夷弾を落とすらしく、さらに明るくなる。その明るい中をB29が盛んに飛び交っている。B29の流れていったあとから火の手がパッとあがる。遠目では何遍も何遍も同じ処を往復しているように見える。しかし、同じ処ではないらしい。炎の中を黒い紡錘形が、列を作って落ちてゆく。すると、パッと火の手があがる。これはもう、映画を見ているようである。

米軍のやり方は徹底している。

初めに、計画した地域の外郭を焼き、次にその中を徹底的に焼き尽くそうというらしい。

町内のみんなが逃げるどころか、いつのまにやら一列にならんで、魂を抜かれたように見とれていたのだ。あそこでは、人々が生きるか死ぬかの目にあっているのに、申し訳ないと思った。

B29は数多く飛んでいたが、不思議に本所深川へはこなかった。

九時頃まで声を出さず身じろぎもせず立ちつくして見入っていた。炎がなくなり地平線上に長く火の線が残った。

「ああ、こっちは今日燃えなかった、どうしてだろう」と思ってみんなは眠りについたことだろう。誰もこのままですむ筈はないと思ってもいたにちがいない。

三月十日のことである。

日はとっぷり暮れた。警報がなった。外へ出ようと入口の戸を開けたら、なんと、向かいの家並みが天まで届きそうな炎と化している。炎の壁だと思った。外へ出られない。「どうしよう、そうだ勝手口から区役所へ逃げよう」夏掛けを持ち戸惑っている母を促して区役所の正門に向かった。途中ひょっこり父に会った。父は走りながら、「おれは缶詰を取ってくるからお前たちは区役所の中へ入ってれ」と言いながら我が家の方へ走っていく。

「あ」

と声が出かかったが、やめてしまった。私が父に話しかけると邪魔するからである。やめた私は、「どうしよう、やっぱり止めるべきだった」と思いひどく後悔した。

母と私が区役所の正門から中へ入った途端、大きな鉄の扉が閉められた。

「あー父がくるんです」

と大声で叫んだ。

「だめです」

肉声で返ってきた。「ああどうしよう、お父さん裏門から入ってくれたかなあ」と思い心配で胸のあたりがむずむずしてきた。

暫く正門のそばにいた、戸が開く筈ないのに。

「地下室から火が出ました」

という放送。

煙の匂いがした。煙が上ってきた。少し喉がおかしい。正門のところにいられず二階へ上った。

「ああ、おとうさんは地下室にいるのかな、いるんだったら上へ上ってくるはず」と思った。なかなかこない。

暫くしたら煙がこなくなった。

「只今地下室の火災は消えました」

と放送。

父はこない。すると炎の中、いやだいやだ、そんなこと考えたくない。

窓の外は大きく長い炎が猛り狂ったように立ち上っている。この区役所の建物は炎に焼かれているのだ、あの美しい色をした炎に。炎の色がきれいなので三階へ上って見ることにした。三階の高さまで炎の穂先が伸びている。何が燃えるとあんなに長くなるのだろう、そしていろいろな色がある。

こんな炎の中なのにガラスが割れない。夢中になって炎の動きを見ていたら、空気が暖かくなってきていた。「この中で蒸し焼きになるのではなかろうか」という不安で落ちつかなくなった。しかし逃げることもできないのでじっと階段にこしかけていた。

急に、

「みなさん、室内が大分暖かくなっていてご心配でしょう、我慢しましょう、此処には区長さんもおいでになります、死ぬ時は皆さんと一緒です、だから、頑張れるだけ頑張りましょう」

という放送が流れた。胸にぐっときた。涙が出そうになった。

「そうか、区長さんがおいでになるのか、区長さんと一緒に死ねるなら本望だ」と思ったら勇気が出てきた。と同時に死に対して恐れを感じないような気がした。

三階の窓から炎をよく見ておこうとしていた。炎の勢いは弱まるどころか燃えさかっていた。しかし、そのうち眠ってしまった。


目がさめた。窓を見た。燃えさかっていた炎はなく澄んだ青空だ。「ああ、すごくいい天気だ」と思ったら昨夜の恐ろしさが遠のいてゆく。

正門は開けてあった。空は一面に青く春の優しい陽光に満ちあふれている。門を一歩出て辺り（あた）を見た。「ない、何もない」地面が黄色っぽく砂漠のようだ。その上にごろごろ転がっているものがあった。

黄色いもの、まっ黒のもの、黒いものの一部から真っ赤なものが見えるもの、姿態の形もさまざまで、体の一部がなくなっていたり、もがき苦しんで両腕を天空にのばしたり、さまざまなものがあった。全く地獄とはこのようなようすなのだろうか。見渡すかぎりの焼野が原に無数にあるご遺体、何と無惨で非人道的な行為であろうか。絶対許してはいけない。

ついでに、こんなことを言うのは仏教などの教えに反するかどうかわからぬが、どうしても心に響いたご遺体がありお気の毒に思い、目に焼きついている。区役所の大きな扉のすぐ外で扉に向かって戸をたたこうとでもしたのだろうが、扉の熱さか炎のためか近寄れずあおむけに倒れて、それでも立とうとでもしようとしたのか天空をつかむような形でなくなられている。必死だったようすが如実にしのばれる。そばに散乱している缶のために門へ入るのがおくれたのであろう。家族思いの人だったと思う。

そして、缶詰を取りに家に行って区役所へ入りそびれた父なのではないかと思っている。

そこに置いたままお別れするにしのびない気がした。

扨二年近く通った藤倉電線はどうなっているのか気になり行ってみることにし、歩きはじめた。行けども行けどもご遺体だらけである。夕べ亡くなられたばかりなのに異臭がひどい。生まれて初めての感じでありむかつくようで我慢するのが一苦労だ。仕方なく引き返してみんなの集まっている清澄庭園の近くの公園に行った。一見(いちげん)の者同士なので黙り込んでいる。時時ボソリボソリと会話が流れる。私は人びととの経験談や繰り言を耳にしていたが、父に対する母や私の冷たい仕打ちと、父の死などが一緒になって胸にこみあげ号泣してしまった。母へのあてつけでもあった。

父は母と一緒になって何と不幸であったかと気の毒に思い母にかわって泣いて侘びた。

浪人二年間

本所・深川は、昭和二十年（一九四五年）三月十日の大空襲で、一望千里の焼野が原と化してしまった。荷物にこだわった父を家に取りにやらせたために、焼死させてしまい、母の働いていた大衆食堂も灰と化し、収入の途は途絶えた。仕方なく、母の実家へ帰ることにした。

実家は、昔白鳥で名の知れた新潟県水原町の瓢湖から山の方へ入っていった、北蒲原郡笹岡村という処である。五頭連峰の麓といった方が、村のようすがわかりやすい。

実家は叔父（この家の長男で母のすぐ下の弟）の代になっていた。祖父（母の父）が三百代言に負けて全財産を失い、それを恨んだ叔父とは口のきけない仲になっている。その上、経済的にゆとりがないのである。そこへ二人の食い扶持はふやせない。それなのに、六年前叔父が母の身の代金、三百五十円を持ち逃げしたといって、「おれは大きな顔をしていられるんだ」と豪語していた。

北国にも遅い春がやってきた。主婦は山菜採りで忙しい。時季が少しずつ移るにつれ、新しいものが生えてくる。楽しみである。

新しい年の息吹を町へ届ければ、町の人はさぞ喜ぶであろう。そして、主婦も何がしかの収入にありつける。五頭連峰の麓から二里（今の八軒位）ある水原へ行くのも何のそのと楽しいのであろう。

急に祖父がいなくなった。何日かして帰ってきた。祖母が通っていた。炭焼窯の修理をしてきたという。

何年か前に叔父と炭焼きをやった窯の補修や、小屋の作製だったそうだ。七十歳位だから大変だったろう。

急に、本当に不意に、

「艶子、山へ行ってみっか」

と祖父に声をかけられた。所在なさそうにしている私を見兼ねたのだろうか、祖父の温かく感じた言葉に従うことにした。県道から山地に入った。灌木類の茂みで明るかったが、次第に高木が多く暗い処に窯があった。

窯のある処と焚き口の前は傾斜が緩くなっている。その窯の焚き口の隣に小屋がある。

谷川の上に丸太を組みその上に藁筵（わらむしろ）を敷き、屋根はほんの雨水を避けるだけの筵がのせてあるだけだ。

私が見るものみんな珍しいのでボーッとしていたら、味噌をつけた焼おにぎりを作ってくれた。香ばしい香りが食欲をそそり、何ともすばらしいおいしさに驚いた。「おじいちゃんは料理がうまいんだろう」と思った。

祖父は米、味噌、味噌漬を持って山に籠る。炭の出来上がるまでは、大変な体力の消耗だと思った。

祖父は壮年の頃この辺一帯の「しょりんく」をしていたので、植生や所在など熟知していたであろうから、炭にする素材探しはらくであったろう。

先ず堅い木を選び伐採、窯に入れる長さに揃える。祖母と母が担いで窯まで運ぶ。足をすべらすと谷へ落ちるようなひどい坂を歩く。

材料が揃えば祖父の出番である。素材の窯入れに注意を払い、火をつけたら火加減に気をつかい、常に窯に身をよせたりしている。作品が若し祖父の腕次第だとしたら、炭は芸術品と言えるのではなかろうか。特に最後の煙に注意している。

焼き上がったら地獄である。真っ赤な木の原型をとどめたものを、長い掻き出し棒で一気に掻き出す。その時いったいどの位の温度なのだろう。顔をしかめて懸命に作業するさまは、死にものぐるいと言っても過言ではないと思う。全部出したら砂のようなものを掛ける。真っ赤が白っぽくなる。さめたら適当の長さにするが、炭と炭がぶつかった時のピーンという金属音に近い音は、炭焼き人の至上の喜びだろう。筵の袋につめ、祖父を先頭に祖母、母と続き家路をたどる。

炭の灰でよごれた顔から汗がしたたり落ちても拭こうとせず、一目散に山をおりる。扨、祖父の大活躍にこたえて祖母の出番である。一俵担いでは水原のお得意さんに売りにゆく。何度か水原行きをかさねた後、今度は福島潟へ雑魚を買いに行ってくる。それを夕食のおかずにするのだが、大鍋に一杯煮ても、祖父も叔父もものすごく食べる。普段菜食主義の彼等にとって又とない蛋白源である。

普段口数の少ない祖母だが、炭焼きという重労働で失った体力を補充しようと、ちゃんと家族の健康を考えている主婦なんだなあと気付いた。

炭焼きが一段落したら、母が私に黙って上京してしまった。祖父母から貰ったであろう少しの金を持って、終戦直後の世情が乱れている東京に頼る人がいたのかどうか、どうやって暮らすのか見当がつかなかった。しかし、母にしてみれば未だ四十歳位だから、前のような稼ぎができると思って飛び出して行ったのかも知れない。若い時からそうであるが、突然無謀な行動をおこす。今までの不孝の償いとして年をとった父母に、仕事の協力者になってやれば、祖父母も母も少しは小銭を手にすることができたのに。母が洗いざらい持っていってしまったと思われる。

私は相変わらず無一文であった。

何処へ行く宛もなく、これから先の生き方も考えず、ただただこの家の食事作りをやるしかなかった。

しかし、食事作りは重要であったのに、今までやったことがなかったので、どんなことをしていたのだろうと思いかえし、恐ろしくなる。

母がいなくなり、他人に等しい叔父の家に残された。

丁度そんな頃、傷痍軍人の療養所が出湯温泉の旅館にできたので、きてほしいという知らせを受けた。これは願ってもないチャンスである。

この旅館は、祖父の姉が本館を、その長男が新館を経営している旅館である。私が女学校出だと口づてに伝わったらしく、呼んでくれたのだと思う。

でも、こんな辺（へん）ぴな処をよく見つけてと思ったが、五頭連峰の麓で空気はきれい、都会から離れていてアメリカに見付かりにくく、最高の場所だと思いかえした。

軍人さんはみんなで数人しかいらっしゃらず、みな身のまわりのことはご自分でできる人ばかりであった。呼び出されていった私は、大して仕事らしいことがなく、何人か集まって雑談している中に入る程度であった。

そんな日が七日位続いた頃、「玉音放送がある」という知らせがあった。

八月十五日である。

天皇陛下の生の御声を聞ける。緊張しラジオの前にみんな集まった。軍人の方は無言でいつもよりかたい感じがした。

放送が始まった。俗世の音は掻き消え澄んだ空気の中に、朗朗とした陛下の玉音だけが五頭連峰の森にも流れていった、貴重な経験であった。終わっても誰一人として声なく、そっと姿を消すのだった。

青師入学

一九四七年（昭和二十二年）の春、新潟青年師範学校の入試に合格した。中村高等女学校を昭和二十年三月に卒業した二年後だ。

生涯で一度しかないであろう三月十日の東京大空襲で父が焼死し、無一物な母と私が生き残ったが東京では生きられず、母の実家に身をよせていた。そこへ、卒業式で頂く筈の卒業証書が送られてきた。無一物の私にとっては唯（ただ）一つの宝物である。

母の実家とは、新潟県北蒲原郡笹岡村大字勝屋字岩倉といい、五頭連峰の麓という処で近くに温泉がいくつもある処でもある。

何もしないでいると徴用にとられると知人に言われ、五泉の皇国工場や笹岡村にある出湯温泉の大石屋旅館につくられていた、傷痍軍人の療養所に勤めた。その療養所で玉音の放送を軍人さん達と聞いたが感無量であった。忘れられない記憶の一コマである。

その後は就職を考えた。バスのない水原は不可、それなら会社や商店の多い新潟市なら求人はそこそこあると思うが、市内へ下宿しなければならない。文なしの私には全く不可能である。考えるだけ無駄だと思った。

かたや、実家はどうかというと、田んぼは人から借りて米を作り、米の収入から借地代を払っている有様とか。

そうなったわけは、最近叔父が祖父と全く同じように、出湯の友人の借金の保証人になり、友人が返さないため三百代言と争い、田んぼを全部とられたとのこと。実は全く驚きである。出湯温泉の住人に「茂助のおやじはだましやすいから、一ちょうやってみっか」という感じで狙われたのではないかと、私は思っている。全く祖父も叔父もお人好しだ。

故に、唯(ただ)一人でも食い扶持がふえるのは困るのである。だから早く出ていかなければ叔父に申し訳ない。しかし、どこへも行けない。暗い生活が二年もたとうとしていた。

もう、そんな生活に微(かす)かに不安を感じていた矢先、何処から聞いたか忘れたが、「新発田に青年師範学校がくる」というのである。これは正に、神様か仏様からの授(さず)かり物ではないかと思った。

早速祖父に、

「新発田に青年師範学校がくるんだって、受けてみようと思う」

祖父はなんにも言わなかった。祖父の気持ちは複雑だったのかもしれない。というのは、大事に育てた母を、長野の教員養成所へ入れてやったのに、父（大島稔）のところへ押し掛け女房として入り込んでしまったのだ。親に相談せず、教員養成所に断りもせず。

祖父は、その時のことを思い出し、言葉が出なかったのかも知れない。

祖父に入試を打ち明けてから数日経った時、今まで殆ど口をきいたことのない叔父の嫁さんが、

「つや子さ、新発田の師範受けるんだかや」

「そったら、姪っ子がよく知ってる先生がいるすけ、おめさんのこと話しておいてくれるよう、頼んでおくすけ」

と、急に言ってきた。

驚いた。常に祖母が彼女のやることに蔭で、

「たれだすけ、たれだすけ」

と言っているのを聞いて、ばかだからご飯を三杯も四杯も食べるのかなあ。煮物をすれば野菜の切り方が大きいとか言われている。彼女のやることなすことがたれにつながってゆき、祖母の言うように本当に少したりない人なのかと思っていた。それなのに、きちんとあのようなことを言われ、即座に返事に窮し、嫁さんの顔を見ることはできなかった。

慌てて我にかえり、

「よろしくお願いします」

と、やっと言ったようだ。

普段、祖母によりそって嫁さんと一線を画していたので、自分がみっともない人間に思えて、どぎまぎしてしまったのだ。だから彼女の言うことを真剣に聞く心の余裕がなく、半信半疑の状態であった。

しかし、現実は入試に対処できるものは何一つない有様であった。高女時代の教科書、ノート等、鉛筆すらないのだ。

しかし合格した。何故か女学校入試合格より感動が薄く「自分の力なんてなかったんじゃないか、もしかしたら姪っ子のお蔭かな」と思ってみたりしていたが、とうとうわからずじまいである。


新潟青年師範学校は新発田にあった。

新発田は県の中央より北にあり、新発田藩があった。初めてお城の跡を訪ねた時、堅牢そうで白く聳える櫓を見たら、さぞ立派なお城が奥の方にあったのだろうと思った。そんな城跡の一郭で勉強させてもらえるなど、青春のいい思い出ができると思い、有難く、心が奮いたってきたような感慨にふけったことが、今思い出される。

この城跡に新発田の連隊があった。終戦で解散になり兵舎が残った。その兵舎を青年師範が使うのである。

西洋式の門に立って見渡すと、校舎がコの字型になって門に口を開いている。コの字の底になる部分は立派な講堂で、そこから左右の建物が門に向かって伸びている。向かって左の棟は全部男子寮である。右の棟は二階だけ使用され、下は空き部屋になっている。門に近い方の端から中央に向かって、教務室、教室がいくつかあり、その奥は女子寮で終わりになっている。女子寮へは廊下がなく、一旦階段を下りて隣の階段を上っていくのである。忍者屋敷のようだと思った。その女子寮の下は大きな炊事場である。

校舎と言うべきだが、全く兵舎である。見慣れない部厚い建材を使い、押入れ、棚などなく、壁は直線的である。淋しい作りの兵舎ではあるが、木の温もりがあり、不思議な感触がある。

そして、雁木がついていた。雪国独特のもので、屋根の庇（ひさし）を道の方に延ばし、その下を歩けるようにしたものである。ここでは下は廊下になっている。そして、校舎の端から端まで行けるので何かあった時は便利である。

青師入学と同じ一九四七年三月に、教育基本法、学校教育法が公布された。六・三・三・四の単線型教育体系といわれ、男女共学の実施になった。小学校、中学校の九年間は義務教育、その上に高等学校、更にその上に大学と短期大学があり、大学の上に大学院があるというものであった。青年師範はこの制度のどこに位置していたのだろう。青師を出た者は後年中学の教師になっていった。

初めに思った。この学校は人間を教育する教師を育成する処である。教師になる者は、心理学、教育学、その他学習すべきものは多岐にわたると思う。

しかし残念なことに、教授の人数が充分でない。優秀な人材はまだ帰ってこないらしい。特に男性の不足は明らかであった。

覚えている教科は、経済学、化学、畜産、和裁、洋裁である。その他、さつまいもの植えつけから草取りをして収穫直前まで手入れをした。でもなぜかいも掘りはなかった。あれは授業だったのか勤労奉仕だったのか不思議に思った。

各授業はどんなかというと、何といっても人気のあるのは大西教授の経済学であった。特に（マニファクチュア）という言葉は忘れられない。先生のユーモアにあふれた講義はよく生徒を笑わせていた。

化学は最後までご指導いただけず残念であった。学校に何の設備もなかったことにも一因あったと思う。でも察する、どこかの学校の先生が出張していらしたとも考えられた。この先生から最初講義を受けた。全然内容は記憶にとどめられなかった。その後、ビーカー、ピペット、ロートを持ってこられて実技の指導をなさった。そのあと、一人一人に液体を移す操作をやらせた。私の番になった。二年位前、五泉の皇国工場で、毎日主任に液体を移す練習をさせられていたのですらすらやった。すると原沢先生が、

「薬専を受かった人はちがう」

とおっしゃった。「エーどうして私が薬学専門学校に受かっているのをご存じなのだろう」もしかしたら、東京薬学専門学校から青師に応援としてこられていたのかなと思った。その後その先生はこられなくなった。教科が一つ減ったのである。悲しかった。この時本当に残念に思った。

教科で嫌いなのは畜産であった。「私は中学教師志望なのだから畜産なんて学ばなくてもいい」と勝手に思い、又、農家育ちでないので基礎知識がなく理解に苦しんだ。反面先生にひどく嫌われ、収穫祭の会場で、

「でっけえつらしやがって、何にもわかってねえ」

と大声でののしられた。

女の先生にも徹底的に嫌われた。

和裁の先生は大陸から引き揚げされた方で、一斉授業でよく教えて下さった。しかし敷布団を作った時、大きいので部屋に置いて採点していただいた。自分でもとじ方が少しゆるかったかなと思っていたが、先生は一目見るなり、

「この上で寝たんじゃないの」

とのお言葉。全くあきれて失望した。

洋裁の先生といっているが、教師の経験がおありだったのだろうか。一斉授業なく、個々で聞きにいくと教えて下さるらしく、女子がよく集っていたようであった。私は一斉授業を好んだし、年がみんなより多いので何となく近寄りがたく、わからないままに時をすごしてしまい、背広の完成はなかった。

何故女の先生に嫌われたか、今になって気づいた。新一年の一学期は女子で一番の成績だと大評判になったこと、次に何時頃からか、新潟からきた生徒と大恋愛中だ等と噂が立っていたらしいのだ。本人はそんな事実はないし知らなかったのであるが、「学生なのに」と女の先生にねたまれたのかも知れない。

生徒は全県から来ていた。みんな純朴のような人達に思えた。広いグランドで遊ぶ人一人としておらず、部屋に籠って学習三昧なのだろう。自分の持っている能力を土台として、必要なものはどんどん取り入れ、磨きをかけていくのである。そのために

とてもよい後援者がいたのだ。同郷の先輩である。先輩が時々陣中見舞にきてくれるらしい。そして、自分の経験したことを教えてくれるそうだが、生きた貴い知識である。それをもとに学生たちが励まし合って学習していくのだから、みんな揃って効果を上げたであろう。

先輩の応援もさることながら、個人で自分を磨いた人もいた。中越出身のＡさんである。Ａさんは新発田に下宿し、ピアノとダンスを三年間習ったそうである。彼女が赴任していった学校では、「音体出の先生がきた」といわれて大変喜ばれたと聞いた。

Ｂさんは加茂出身で、やはり下宿し習字の教室に入り三年間励んで腕をあげたが、赴任しても続けて加茂地方の書道の大家になったそうである。

Ｃさんは佐渡出身で、短歌の同志を集めて会をもっていた。初めは同志だったが卒業間際には同志から「先生、先生」と呼ばれるようになっていた。佐渡の人はよくやるもんだと思っていた。

入学当初は個人で力をつける方法を知らなかった、金も私にはなかった。

自分が描いていた学習方法は大西教授のような教授がずらりと揃っていて、いろいろな授業を受けられると思っていたのだが、青年師範の校風なのか、終戦後の人員不足なのかわからなかったが、学校の特色を知らなかったのは大きな損失であった。

しかし日にちがたつにつれ学校の様子がわかってきたが、ＡさんやＢさんのようにできない家の事情があり、東京の女学校出の自分には同郷の先輩の応援などなく、大海にただよっている木の葉のようであった。

実は母の実家から通えず寮に入った。金のある人は下宿していたようだった。女子寮は三人だけだった。頸城地方から来た真面目(まじめ)そうなKさん、亀田の造り酒屋のお嬢さん、私。

丁度三方に窓があったので窓に机をつけて居所を確保し、荷物も置いた。少し不用心だなと思っていたら、やはり後でお嬢さんが三十cmの定規がなくなったと大騒ぎした。そして犯人が私だと言いふらした。どうして私かというと、「空襲で焼け出されたような人間はみんな泥棒するから気をつけるように」と家族に言われたのだとか。実は、入寮して間もない頃、自己紹介のつもりで東京大空襲にあったと話した。同情こそされても泥棒にされるとは思わなかったので、驚き、不快、不安、怒り、いろいろな感情が交錯して平常心を失いかけた。疑いの目で見られながら同室するのは辛かった。そこが私の欠点というか、小さい時から不利なことに対しても黙り込んで自己主張しないところがあるのだ。

不快なことを忘れかけていた頃、

「あった」

と、大声を出して喜んでいた。

丁度新潟から来たという従姉(いとこ)と二人で。そして私の方を見て話し合っていた。その態度は本当に不快であった。一言「ごめん」位のことを言えないのかと。そんな時の二人の映像が脳に残っているとは私も変なことにしつっこいので我ながらいやになる。

テニス

一年の一学期が始まってやっと気分が落ち着いた頃だった。

「テニスクラブを作るから、希望者は申し出よ」という知らせが出た。

中村高女でテニスクラブに入りたかったが、名ばかりのテニス部で活動がなかった。残念さが、青師入学後も心の一隅に残っていたので、早速入部した。

部員が何人かできたら、国体の青年師範の部に出場するのだから、猛練習するのだという。「エー、それは大変、初めてラケットを握った者が多いのに無理じゃないかな」と思った、
最初、新発田在住のテニスの選手に、テニスの手解きを一日してもらった。たった一日なので、あとは個人の努力次第である。当時は軟式である。

コーチなし、ただ、球を無心に打ち返すことに専念するだけである。思う処に球がいかず、自分ながら「何て下手なんだろう」と思い辛かった。フォアーはどうにか使えるが、バックはラケットをどう使ったらいいかわからず困った。自分は何故か後衛にされ、走ってばかりだ。

時々小林マネージャーが気合いを入れてくれるが、彼はラケットを持たない。全く指導者なしで自学自習である。ところが集中力は馬鹿にできない。少し上達したようだ。しかし作戦などほど遠くただ球を打ち返すのが精一杯という有様。

扨、国民体育大会開催である。この年は富山県だった。国体出場など栄誉なことである。身が引き締まる思いだった。

他校の仲間の白いユニホームの美しさに圧倒されてまぶしかった。何と、その白さが強さを表しているように感じ、自分の拙さや経験の浅さが脳を過り、安定を欠いてくるようだった。

やはり、第一回戦であっ気なく負けてしまい、恥ずかしく淋しい思いをしたことが心のすみに残っている。国民体育大会が終わり練習の必要がないテニスコートに、テニスクラブの解散の指示などなかったが一人も寄りつかない。私は「テニスを続けたかったのになあ」と思ってみたが、他の人は今まで損失した時間を取り戻すつもりで、机にかじりついているのかもしれない。でも、私はコートが淋しそうに見えた。ラケットは放しがたく、ケアハウスへ入る時まで大事に持っていた。

このテニスの練習中困ることがあった。真剣にラケットを振り汗を流している時、彼（アメリカ俳優似）が高くなっているコートの上まで上ってきた。そして、審判の立つような位置に立ち、球の動きを見ていた。そのうち飽きたらしく、長椅子にいって私の自家製のラケットケースをラケットに見立て、さかんにふっていた。彼の動きを初めからちらちら見ていたのだが、この動作で私の心臓は高鳴りはじめた。小林マネージャーを始め真剣に練習している人たちに、大変目障りだろうと思わざるを得ず、とんでいって止めさせたかったが、その勇気がなかった。

　私が行ってやさしく止めるようにと忠告でもしてやればよかったのだろうが、彼は淋しい思いで去ったのだろう。

　この時、私は部員の手前本当に恥ずかしいと思った。又、小林マネージャーや他の人も、故意に素知らぬ様子をしていたようだった。この時私本人が知らなかったのであるが、ひどい噂が立っていたらしく、そのためによる部員の態度だったと思われる。

すれちがい

　女子寮階段から雁木(がんぎ)に降り立ち、何気なく見た行く手の空にハッとした。正門の背後に拡がっているそれは、全く濃淡がなく、白いミルクを平らに引きのばしたような、あるいは、白絹に陽光を染み渡らせたような、流れ雲一つないきれいな空だ。青天や曇天は時々見られるが、白一色の空はきょう初めて見た。この空に心静かな感動を覚えた。そして考えた。青天と曇天を並べて白天なんてどうかなと。全く笑い話だ。

　人が通りそうにないし気分が清々しくなり自分の行く手を見た。

　すると、門に近い雁木の柱に寄りそうようにして立っている人が見えた。一遍に心の平穏は破れた。こっちへこないことを願いチラチラと見ていた。なんと、ゆるやかにこっちへ向かっている。自分は女子寮の階段前から門に向かって歩を止めない。「ワー、いやだ、こんな狭いところで擦れちがうなんて」と思っているのに歩を進めていた。文房具を買うために出てきたからである。

　雁木の巾は一・五メートル位あったろうか。相手のようすを見ると、背が高くすらりとしている。この学校にそんなタイプはいない。遠目にもわかる上質そうなコートを羽織っている。入学して以来、このような人を見たことはなかった。顔を見ようとしないのでわからぬが、スタイルは美しく、まるでアメリカ映画に出てくるようなタイプである。

そんな素敵な人に近付くのはいやだ。いや、男全てだ。それなら雁木から降りてグランドへ出ればいいと思うが、そうはいかないのである。

雁木の歩くところは廊下と申し上げた。その廊下の片側は校舎である。反対側は七、八十センチ位の高さの囲いがついていて、一定の長さをとって逃げ口がグランドに向かってとってある。咄嗟にグランドに逃げることは無理なのだ。にもかかわらず歩き続けている。「いやだ、いやだ」と心の中で叫ぶだけ。どうしていいかわからない。どうしようどうしようと思うだけで前へ進んでいる予盾した自分。もう、平常心を失っていたらしい。

とうとう擦れちがう距離に近づいてきた。

「いっそこのまま突っ切ってしまおう」

速く歩けば何ごともなく擦れちがうことができるだろうと思っていた。ところが擦れちがった瞬間、顔が焼けるように熱くなった。いつものように、真っ赤な顔になってしまったのだ。

「しまった」世にも希な醜態を曝け出してしまった。

なぜ男に極端な卑下の心を持っているのか。思い出すのさえ汚らわしいが、十歳の時十四歳の叔父に陵辱されたため、心が徹底的に歪(ゆが)んでしまったのだ。「自分は汚れた女である。人前に平然と出られる人間ではない」という精神が骨の髄まで染み込んでいったのだ。そのため、緊張する相手や男の前に出るのが怖い。スターのような者と擦れちがうなど、普通の男よりもっと恐ろしいことなのだ。

それに、赤面するのは母の血筋のせいだ。祖父や叔父、母が頬を染めていることが時々あった。私の場合はそんな生やさしいものではない。要するに劣等感が非常に強いため、母たちより強烈な赤面になるのだと思う。

全く見ず知らずの人に、彼が生まれてからこれまで見たことのないような醜態をお見せしてしまったのだ。どんなにショックだったことだろう。

自分は意図的でなかったにしても恥知らずなことをしたと悔いていた。だが相手の心情を思いやることは全くなかった。日が経つに従い気分が落ち着いてきたので安堵していた。勿論二度と会わないように願い、恥ずかしい惨めな思いも忘れかけていた。

寮生活なので女子寮の階段を下り隣の階段を上り教室へ行く。

時々階段の前に、アメリカ映画の俳優似の人が立っているのに気付きはじめた。初めは偶然だと思って気にならず素通りした。しかし、雁木から教室へ行く階段は男子は使わない。故に度重なるにつれて、「おや、おかしいんじゃないの」と思い始めた。

そして何度出会っても平常心であった。赤面したのが不思議だ。

しかしよく出会う。「あ、もしかしたら私が彼に一目ぼれしたとでも思ってしまったのだろうか」

今回の醜態を見て潔癖な青年は、

「何いやらしいことをやってんだよ、みっともないぞ」と思い軽蔑するだろう。本気にする人などいないだろう。若し本気にしたのだとしたらこの人はどんな人なのだろう。わからない。暫く様子を見ていた。彼は相変わらず同じような行動をとる。でもやりすごしていた。


女子寮の階段の隣の空部屋に、相当古いオルガンが一台置かれていた。それを弾いている人を見たことがない。勿体ないと思った。
三、四年位前、中村高女の五年生の時、月島の藤倉電線で学徒動員として働いていた。そこへ、学級担任の宮崎先生が指導のため廻ってこられた。
先生には二年の時、私と保護者との関係を聞かれたが、まさか、花魁をしている母の雇い主で、私はその人に世話になっていますとは到底言えず、頑なにその関係を黙し通したことがあり、恥ずかしい心情はそのまま残っているので、先生の前では緊張していたが、先生は清々しい顔で、

「高橋、卒業したらどうするの」ときかれた。

即座に、

「小学校の先生になりたいです」

「小学校の先生はオルガンを弾くんだよ」

と言われ、又、だまって返事をしなかった。できなかったのだ。また、同じことをしてしまった。父は糧秣所で働き、細ぼそとした生計の家庭ではオルガンやピアノは習わしてもらえないと思った。

それっきりその話の続きはないまま、三月十日の大空襲で進路どころではないことになったのだ。そんなオルガンの思い出をかかえ、教則本を手に入れて淋しそうなオルガンにつかまっていた。

と、いつのまにやら彼が近づくようになったのだ。初め、雁木に立ってこっちを見ていたが、何回かそうしているうちに部屋へ入ってきた。そして廊下側の窓下の壁に寄り添ってこっちを見ている。そのうちに、オルガンのすぐ後ろに立った。これには度肝を抜かれたような思いだった。彼と対面だからである。

それでも何も知らぬという態度で平然さを持ち続け、弾くことをやめなかった。弾き終わるとふたをしめ、さっさとその場を離れた。

今当時を思い出して、「エー、そんなことをよくできたもんだ、何て冷淡な意地の悪い仕打ちをしたもんだ」と驚いている。彼がなぜここまで積極的なのかということに何も思いつかなかったのは不思議だ。対面してもまだ顔を見ていない。好きでもないから。

しかし、彼の行動が積極的になるにつけ、異常ではないかと思いはじめた。

「やっぱり擦れちがいの時、『彼に強烈な関心を持ってしまった』と思っているのかもしれない」

それなのに、余りにも素知らぬ風や冷たい態度をとり続けている私をわからなくなり、真意を知りたくてつきまとっていたのかもしれない。もしそうだったら悩んだろう。

しかし自分でも、今不思議に思うのは、意識して行動したというより、自然の流れのように過ぎていったということである。

赤面になりたい等とんでもないこと。これは抑えようとしても時によっては止まらない体の欠陥、オルガンのふたは練習が終わったからしめるという意識、そして立って帰る、生活の流れととらえて行動したまでだ。

なぜそんなふうにできたのか自分にはわからないのである。

そのうち、急に彼がオルガンにこなくなった。

風の便りによると、新発田出身の菊地という人と町の中を並んで歩いていたという。

「それはよかった」と思い。肩の荷が下りたような気がした。

収穫祭

時は秋！　収穫祭が行われることになった。会場は講堂である。各級毎に級長が先頭になって、一列に並んだ全員を従えて入場する。たしか、一級毎に拍手があったようだった。

既に階段席の大部分は男子で埋め尽されていた。私を先頭に女子が一列になって入場すると拍手があがった。教授席の前を進んでいたら、「でっけえつらしゃがって、ちっともわかっちゃいねえ」と、畜産の先生が大声でわめいた。はっとした。「私のことを言っているのだ」と思ったら恥ずかしくて赤面してしまったままではわかるが、そのあとは空白である。次は津田次子作の劇という時、急に彼女から呼ばれた。もう幕はあいている。ステージの裏につれていかれ。「舞台にただ座っていればいいからね」と言われ、背を押された。この言葉は今でもはっきり覚えている。

「え、今彼女の作った劇でしょ　あたし台詞も所作も何一つ教えてもらっていないのに　一体どうすればいいの？」と思ったが仕方なくステージに上り座った。しかし心臓が高鳴ってひどく不安な心境をかかえていた。

　会場は水を打ったように静かだ。

　しばらくすると、

「おーい、どうしたんだ」を皮切りに、

「なにやってんだ」等だんだん野次が多くなり、終には怒号の館と化してしまった。

　そうなるのを待っていたかと思われるタイミングで、

「幕、幕」と、彼女はやっと指示を出した。努号の嵐からやっと解き放たれた私にとって収穫祭とは何だったのだろう、恥をさらした身はどういう態度でいればいいのか悩んだ。今回のことを初めから考えてみた。

　女子の一年に佐渡出身の津田次子がいた。背が低く風采のあがらない人であったが、短歌の会を開き多くの男子生徒を集めていた。我々は関係なくとも彼女には一目置いて尊敬の念を持っていた。

　その彼女が劇を作り発表するという。全校生徒が期待しただろう。勿論彼女も「そうであるだろう」と目論んでいたと思う。これが第一段階である。次に何も教えないで舞台に座らせ、観客から怒声を浴せられるように仕向ける。たとえ私が出ることに反発したとしても、「高橋が急に出ないと言いだして劇は発表できなかった」というようにもっていかれ、第三者がいないので彼女を有利にする。

こう考えてくると、彼女は私をこてんぱんにやっつけたかったのだということにつきあたる。

そのために計画を立てた。第一段階は劇を発表するという宣伝をする。大いに期待をもたせる。次に私に全く苛酷な条件、教授や全生徒の面前で恥をかかせるということが第二段階、収穫祭のあとの短歌の会で、

「わたしの作った劇を高橋は台なしにしてしまった」

「彼女には文学的才能はないが私にはある」等と言ったそうである。これが第三段階。

それ以後短歌の同志から、

「先生、先生」と言われるようになったのである。

思うに、二十歳位の女の子が、大勢の人間に存在しないものを劇と言ってみたり、何も知らされないのに舞台にあげて怒号の的にしたり、果てには人格を傷付けることにより自分がのし上がるという全く大胆な策略をよくも考えつき実行したものだと驚いている。

入学当初、多くの男子がグランドを通っていた。その中の一人が連れの者に、

「おい、佐渡むじなに気をつけろよ」

と言っているのを耳にした。なぜか、よく覚えていたが、今、

「これが佐渡むじななんだ」と気付いた。

あの風光明媚な佐渡にこのような恐ろしい人が育ったのだろうか。しかしむじなは私にとって長期記憶の一頁を飾る貴重な存在である。言うも愚かしいが、軽犯罪のようなことをして「先生」と言わせた彼女は、どんな顔をして新しい人生の門出の学校へ赴任していったのだろう。

学校が静かになってきた頃、急に佐渡出身のDさんから、「ビタミンCの抽出を一緒にやろう」と誘われた。一度やってみたいと思っていたのでやさしそうでもありすぐ応じた。場所は炊事場の奥の生物研究室である。一応実験器具は揃っていた。

簡単だと思って取りかかったがなかなか結果が出ない。毎晩のように通い続けた。Dさんは少しでもわかっているのだろうと思っていたのだが、器具の扱いもままならぬ有様であり、私も初めて抽出ということで結果が出ず、夢中になって九時頃まで頑張ることがあった。研究室の隣に小部屋があり、若い男の先生が寝泊まりされていたそうで、研究室使用禁止といわれてしまった。どうも私は佐渡と相性がよくないようだ。

ビタミンC抽出をDさんは何のために思いついたのかしらぬ。

彼女の状態から考えて、私の持っている知識を少しでも取ろうと考えてのことではなかったろうかと思っている。

収穫祭が終わったら校内はすごく落ち着いたようだった。校内に人影が見られない。

きっと机に向かうか討論に明け暮れて研鑽を重ねているのであろう。新潟県人の気質らしい。

この頃授業はなかった。授業があった頃は人とよく会ったが、今は全然会わない。通学できない者は下宿しているらしいのだが、授業のない日は下宿に籠っているのであろう。寮は人気がない。初め三人だったが、三十㎝の定規がなくなったと大騒ぎしたことがあった。私が犯人にされたのだが、Kさんが何時の間にやら消えてしまった。その後私を犯人だと言いふらした本人もいなくなり、私は四十帖位の部屋に一人住まいになってしまった。金のない私は我慢するしかないのだ、寒さと教材不足の不満を抱えて。

或る日、突然、級長の上田さんが寮に来た。

「若林さんが風邪をこじらせて寝ているそうだから、お見舞にいかないと」と言っている。普段顔をあわせることが殆どなく、ましてや、会話することも稀なこの人がこう言ってきているが、級長で若林さんと通学の同志であろう彼女が、若林さんを気の毒に思って私が言って慰めればいいと思ったのだろう。この時はここまで私の脳は理解できず、彼女の行動が何のためなのだろうと思った。

「大体、彼女は、彼と私の関係をどのように認識しているのだろうか、その上での見舞いなのだろうか」

私は私独自で思った。「今行ったところで、もう彼に嫌われているだろうから彼は会いたがらないだろうし、私は謝りたいが、今頃謝っても誠意など感じてもらえないだろう」と思わざるをえなかった。にもかかわらず、中途半端な気持ちで、上田さんに二人の関係を説明することもなく、ふらふらとついて行った。

彼は学校の近くの民家の二階に、高級そうな夜具を掛けて寝ていた。上田さんが、

「高橋さんがお見舞いにきましたよ」

というと、ガバッと跳ね起きて、

「帰って帰って」

と、すごい形相で叫んだ。この時初めて顔を見た。あのスマートなスタイルからは、思いもつかない顔だ。びっくりした。

「今、こんな顔をさせ、どれほどの苦悩をさせたのか」と思うと、言葉などでてこず、ただ頭を垂れることしかできなかった。

上田さんはこの情景を見て、それ以後一言もなかった。そして私の前から消えた。

今思うに、彼と彼女は単なる通学生同士で顔見知りであろう。

その好みから、彼の苦しみを少しでも和らげてやりたいと思い恋人に知らせないと思ったのだろう。

純粋な友情とか学友という間柄なのかなと思った。「高橋さんがお見舞いにきた」という発言で尚更その感を強くした。しかし、彼がひどく怒ってどなった様に彼女はあ然としていた。彼の様子を見た彼女は、二人の関係はご自分が思っておられたものとはほど遠いものと、気付かれたようだ。つまり大恋愛中などではないとおわかりにならられたようだ。余りの気まずい雰囲気にシーンとなり、私は頭を垂れたまま引きさがるしかなかった。上田さんは、言葉をなくしたように見えた。その後、上田さんを見ることはなかった。大恋愛中という噂を信じていた彼女は、若林さんが不可解であったろう。

それにしても、彼は新潟の裕福な家庭のご子息らしい。わざわざ新潟から在の新発田へ勉学に来られたのに、魔性の女にひっかかってしまい、学業成績の成果はどうなったのだろう。私と違ってやるべき学習はしっかりしていたと思いたい。片や入試に合格し、一学期に女子で一番の成績をとった。そのまま順調にいっていれば（金があればの場合）、良い成績で卒業できたかもしれなかった。たった一言、

「ご不快な思いをさせて、申し訳ありませんでした」

と謝っていたら、お互いすっきりとして卒業できたであろうに。

全く彼に一言も発していないが、発しまいと考えたわけではなく、心が言葉をかけるのをやめようと働いたわけでもない。風か空気の流れのように、自然にそうなって

いったというほか、言いようがない。この時、霊のはたらきがあったのではあるまいかと、今考えている。

実は、前に何回か言ったように、叔父による陵辱、母親が過去に花魁だったこと、私の幼少の頃生まれたばかりの妹を死なせてしまった等等、聞くだけで恐ろしい奴だと思うだろう。だから彼に近づいて素性をばらすことなどないように、霊が守ってくれたのかと思ってみる。或いは、良家のご子息に、汚らわしい女を知らせまいとしたのかもしれない。

それにしても、代償は大きかったと思う。

彼がいろいろな行動をする度（たび）に、彼は辛いのではないかと思ってしまい、こっちも辛くて勉強ができなかったのだ。

この悲劇は端的に言えば、恥ずかしさのあまりフランクに心情をもらしてしまったため、相手に誤解をいだかせてしまったことから始まる。

それと気付いたら謝（あやま）ればそれですんだのだ。その謝るということに全く気付かず、ただ申し訳ないと一人思うだけで、相手を苦しめた自分をせめて苦しみ、学業までおろそかにしてしまった。

もっとも、青年師範学校の学習方法を知らず、指導する人もなく、方向を失（うしな）った船のように大海を漂（ただよ）っていたようだ。

余談だが、生徒指導に浅生先生という方がいらしたことはよく覚えている。そして、何人かの生徒と交流があったことは知っている。私はなぜか先生とお会いすることがなかったが、もしご指導を受けていたら、少しはましな方向に向いていたかも知れないと思っている。

結局、私の三年間の最後は、腑抜けの骸骨のような状態だったのではなかろうか。何とまあ、無駄な三年間だったのだろう。

それでも中学の二級免許証がもらえるというので、おそるおそる新発田の市役所へもらいに行った。

終戦直後の人員不足（前にも述べたように余りにも少ない教科、教授不足）、我が家の資金不足、学友に馴染めなく情報に乏しかったことなど原因をあげれば多々あるが、結局は自身の不徳のいたすところ、国に対して申し訳なく思いつき、又苦しい心情で卒業である。

曇りの日で庁舎内もうす暗く男の人が一人いるだけだった。

その人が手渡してくれたのは、中学の理科と家庭科の二級免許である。国や新発田に対して申し訳ないと思った。それを手渡してくれた中年の男の人の顔は、今でもはっきり浮かんでくる。悲しそうな、情けなさそうな、侮蔑を交えた、何とも形容のできない顔で、生まれてこのかた初めて出会った顔だと思った。その顔は、私の青師時代を表したもので、この免許は私にとって身に余るものであると思った。心のそこから、そう思ったのである。

余談になるが、彼（若林徹）とは切っても切れぬ因縁があったのだろうかと思うようなことがあった。

あれは卒業して三、四年たっていた。

主人が何かの会議で新潟出張の際、私も同道し、主人の会議中久し振りの古町散歩を楽しんでいた。

或時計屋のショーウインドウのオパールに目を奪われ、立ち止まってジーッと見ていた。人々はみんな自分の後ろを素通りしていく。急にピタッと腕にくっつきそうにして、隣へ立った人物がいた。その方を見まいと決めてじっと立っていたが、なかなか動き出しそうにない。どうも女らしい。その女はそのまま立ちつくしている。と、そのうしろに一人寄りそうようにして立っているらしい。どうも二人の前は女、うしろは男らしい。

普通の人ならすぐ歩き始めるのに、私にくっついたままなかなか歩かない。私に「傍に近寄ったことに気づいてもらいたい」と思っているようすだと察した。

「そうか、この二人は若林さんと奥さんになった菊地さんにちがいない」と確信した。

「さあ大変、別れて何年もたっているのに、今頃声をかける気はない。青師の時の声かけが大事な時ですら一言も発しなかったのに、今頃声をかけるのはそらぞらしい」と思ったので、彼らと反対の方を向くようにして、ふれそうに近づいていた腕からそーっと離れ、古町一丁目と反対の方へ逃れた。

彼は声をかけられた方がよかったのだろうか。いや、彼だってすごく怒ったことは頭にあるだろう。しかし、彼と私はつき合えない因縁でありながら、出会ってしまったのだ。彼には心残りがあったのだろうか。いやないでも、古町の私の行動を見て、きっぱり過去を精算したと思う。自分にも言えることだ。しかし、やはり新潟にそして若林徹という名に何となく心ひかれ切なくなる。

いよいよ中学校の教師として着任できる。青師卒業から着任まで日数があった。今思うと、それは貴重な時間であった。つまり、中学の二級免許証を心から有難く思っていたし、「その免許証に恥じぬように教える者として、何はともあれ知識を身につけることであり、その他の五里霧中にいるようなわからないことは、ベテランの先生に聞くことにしよう」という思いにたどりついた。これで何とかやっていこうという希望がもてた。

昭和二十四年三月、新潟県北蒲原郡笹岡村の笹岡中学校へ着任である。母の母校であり、実家の村落の子弟が入ってくるので更に気がひきしまる。

笹岡村で一校しかない中学である。出湯小、明倫小笹岡小、大室小の四つの小学校の生徒が入ってくる。

地理的には五頭連峰の麓で、校庭の北は小高い丘で北風を防いでくれる。

同年四月赴任した。その頃になったら、ひたすら前向きの心情であった。

新任式には、大室という字のお寺の住職、母の実家の勝屋という字のお寺の住職のお二人の教師、笹岡の字の中の神主さんの教師や植物学のベテラン教師等、錚々たるお歴々に引け目を感じながら、そして六百名位の中学生を前に着任の挨拶をした。

式のあとに学級担任が発表され、私は一年四組、一組はベテランの男の先生、二組はひどく物静かそう、三組も中年の女の先生、五組は神主さんという顔ぶれで、私をしっかりと守る態勢になっている。そして担当する一年四組の年間指導計画を教務に提出している。その実現に向かって、又は自分の研鑽に努力しなければならない。

実家は少し遠いので下宿する必要があった。丁度、学校から田圃を隔てて真向かいに親戚の時計屋があった。年老いた両親と若い息子さんの三人ぐらしなので、何なく下宿をさせてくれることになった。

学校から帰ると一直線に二階の炬燵へ入る。ちゃんと暖かくなっている。そこが机がわりである。毎晩おそくまで勉強する時、いつも息子さんも起きていて、お茶を出してくれる。人の優しさに励まされ、新しい生活が始まった。今までにないしあわせさだと思った。

こんな時こそ頑張らねば人間でない。今こそ私に与えられたさだめだ。自分に与えらえた責務、自分独自から発した意欲に向かって突き進んでいこうという思いが湧いてきた。

しかし、何といっても中学生の指導である。小学校時代あばれん坊だったという子が私の級にもいるときいた。むずかしい取り扱いだと思った。学校で中学生時代の心理等勉強していたらなあと思った。

これから私の未知の世界が待ちうけているのだ。それはこわいとも思う。それには、常に平常心を保ち、事態を見極めることだ。

当分は何事もよくみていくことにしよう。

本書には「女郎」など差別的表現が使われていますが、当時の社会的背景をリアルに表現するため、あえて使用しております。ご理解をお願いいたします。

著者プロフィール

西奈 理香（にしな りか）

生まれおちてから青年期まで肉親の愛情に恵まれず、それに耐えてきた私は我慢強さで生きのびてきたが、人間らしい喜びや自負に欠ける人間となった。

持てる才能ものばせず、社会への貢献も少なかっただろう。今、深く残念に思うのである。

陵辱

2023年３月15日　初版第１刷発行

著　者　西奈 理香
発行者　瓜谷 綱延
発行所　株式会社文芸社
〒160-0022　東京都新宿区新宿1－10－1
電話　03-5369-3060（代表）
03-5369-2299（販売）

印　刷　株式会社文芸社
製本所　株式会社MOTOMURA

ISBN978-4-286-29085-0　JASRAC　出2209922－201